我身上有个不可战胜的夏天

il y avait en moi un été invincible

〔法〕加缪 著

黄可以 译

天津出版传媒集团
天津人民出版社

果麦文化 出品

果麦文化 出品

目录

反与正

她是个特立独行又离群索居的女人。与幽灵为伴，同游魂共处，卷入它们的纷争，又拒绝会见那些在她栖身的世界里不受待见的亲戚。

她突然收到姐姐留下的一笔小遗产。这五千法郎在人生快走到尽头时突然出现，反而成了个麻烦。钱总得想办法安置。大多数人都能挥霍大笔财富，但面对小钱却往往不知所措。这位女士倒是始终如一。在生命最后的时光里，她只想着给自己这副老骨头找个安身之处。正好有个机会：老家墓园里有块墓地租约到期，原主在那里建了座豪华墓室——黑色大理石打造，设计简约，堪称精品——现在只要四千法郎就能拿下。她立刻买下了这个墓室。这是笔稳赚不赔的投资，不用担心股市波动，也不受政治风云影响。她让人把墓穴内部装修好，准备随时安放自己的遗体。一切就绪后，还用烫金大写字母刻上了自己的名字。

这件事让她心满意足，甚至对自己的墓穴产生了真挚的爱恋。起初，她只是来看看工程进度。后来渐渐变成每周日下午的固定探访。这成了她唯一的出门活动和消遣。下午两点左右，她长途跋涉来到城郊的墓地，走进那个小墓室，仔细关好门，跪在祈祷凳上。就这样直面自我，在现实与宿命的对照中，在重新连接那些总是断裂的生命锁链时，她毫不费力地参透了天意的奥秘。直到有一天，一个奇特的征兆让她明白：在世人的眼中，她早已死去。万灵节那天，她比往常来得晚了些，发现墓室台阶上虔诚地撒满了紫罗兰。原来是有心人见这座孤坟无人献花，便分了些自己的花束，来祭奠这个被世人遗忘的逝者。

此刻，我又想起这些事来。窗外的花园，我只能望见围墙。还有几丛沐浴在光线里的枝叶。更高处，仍是枝叶。再往上，便是太阳。然而，外界能感受到的空气中所有的欢腾，以及倾泻在世间的所有喜悦，我能捕捉到的不过是映在白窗帘上婆娑的枝影。还有五束阳光，正耐心地将干草的气息注入房间。一阵微风拂过，窗帘上的影子便活了过来。当云层掠过又离开太阳的瞬间，阴影中会突然跃出金合欢花瓶中耀眼的明黄。仅此而已：只需一道初生的微光，我便被一种令人眩晕的迷乱喜悦填满。这是一月的某个下午，就这样让我直面世界的背面。但寒意仍沉淀在空气深处。到处都覆着阳光的薄膜，仿佛用指甲就能划破，却给万物披上了永恒的微笑。我是谁？又能做什么？除了融入这枝叶与光影的游戏。成为那缕燃尽我香烟的光线，成为空气中呼吸着的温柔与隐秘的激情。若我试图触及自己，必是在这光芒的最深处。而当我尝试理解并品味这揭示世界奥秘的微妙滋味时，我在宇宙尽头找到的竟是自己。我自己，即这份让我超脱表象的极致感动。

刚才说的是别的事情，是一些人，和他们买的墓地。不过，让我在时间的交织中勾勒这一分钟。有的人将花朵留在书页之间，封存某次散步时爱意轻触的瞬间。我也在散步，只是抚慰我的，是神的指尖。生命短暂，浪费光阴是种罪过。人们说我勤奋。但若在忙碌中迷失，勤勉何尝不是另一种虚度？此刻停驻，我的心正前去与它自己相会。若还有不安攥住我，只因这易逝的刹那如水银般从指间滑落。由着别人背弃世界去吧。我不抱怨，因为我正见证自己的新生。此时此地，我的整个王国都属于这人间。这倾泻的阳光与游移的阴影，这从天空深处涌来的灼热与寒意——当苍穹在窗框间倾倒它无边的丰盈，与我的悲悯相遇时，又何必追问是否有事物在消逝、人们是否在受苦？我要说，也即将说出：重要的是保持人性的温度与质朴。不，重要的是活得真实，如此人性与纯真则自然显现。当我与这世界浑然一体时，何曾更真实过？未及渴望，我已满足。永恒就在这里，而我曾向往它。此刻我不再祈求幸福，只愿清醒地活着。

一人静观尘世，另一人自掘坟墓：如何将他们区分？世人与其荒诞行径？但看天际已展露笑颜。光芒渐盛，盛夏将至？而我眼前浮现的，是那些该被爱之人的眼眸与声音。我用每个动作与世界相连，以满腔悲悯与感恩同世人相系。在这世界的正反两面间，我不愿抉择，也厌恶他人抉择。世人总说清醒与反讽要不得，说这是"心术不正之证"。荒谬。没错，当有人自称反道德者，我知道他急需编造新教条。当别人贬低智慧，我看穿他只是受不了内心的犹疑。因为我唾弃一切伪装。真正的勇气，是能直视烈日如直视死亡。至于这份灼烧般的生之眷恋与隐秘绝望的纠缠，该怎么形容？当我聆听蛰伏在万物深处的反讽，它便缓缓显露真容。眨着清亮的小眼睛，它低语：“就当是……这样活着吧。”纵使穷尽探索，这便是我全部的人生智慧。

说到底，我也不确定我是否正确。但是，如果我想到了这个女人，想到了人们给我讲述的她的故事，那么我是否正确就并不重要了。临终前，她的女儿为她着寿衣时，她仍有一口气。当四肢还未僵硬时，穿衣服似乎会更为简单。但我们竟活在这些如此迫不及待的人之中，这仍是怪事一件。

提帕萨的婚礼

剑子手用丝质绞索勒死卡拉法枢机主教时，绳索断裂：行刑不得不重复两次。枢机主教注视着刽子手，始终不屑于吐露只言片语。

——司汤达《帕利亚诺公爵夫人》

春日里的提帕萨，众神栖居于此。他们在阳光与苦艾的气息中低语，在银甲般闪烁的海面、无瑕的碧空、繁花掩映的废墟间，在石堆里翻涌的光瀑中显现神迹。正午时分，原野被阳光浸染成浓墨。人眼徒劳地捕捉着睫毛边缘颤动的光斑与色点，除此别无他物。馥郁的草木香气灼烧着喉咙，在凝滞的酷热中令人窒息。极目远眺，唯有舍努阿山的黑色轮廓扎根于村落周围的山丘，以沉稳而庄重的节奏向海天交界处延伸，最终匍匐入蔚蓝的波涛。

我们穿过村庄，眼前豁然展开一片海湾。闯入这个黄蓝交织的世界时，阿尔及利亚夏日土地那灼热而芬芳的吐息将我们拥入怀中。随处可见的九重葛从别墅围墙上垂下玫瑰色的瀑布，庭院里木槿花泛着初绽的浅红，浓密的茶香玫瑰如奶油般丰腴，还有修长的蓝色鸢尾勾勒出精致花径。每块石头都蓄满阳光的温度。当我们从金盏菊色的巴士下车时，屠夫们正驾驶红色货车进行清晨的巡游，喇叭声穿透晨雾召唤着居民。

在港口左侧，一道干砌石阶穿过乳香黄连木与金雀花丛，蜿蜒通向废墟。小径途经一座矮小的灯塔，随后便纵身跃入广袤乡野。灯塔基座处，肥厚的多肉植物垂挂着紫、黄、殷红的花朵，一直蔓延至海边礁石——浪涛正吮吻着那些礁石，发出湿漉漉的接吻声。我们伫立在微风中，半张脸被阳光烘得发烫，凝望天光倾泻而下，海面平滑如缎，浪花绽开粲然皓齿的微笑。踏入废墟王国之前，这是我们最后一次作为旁观者驻足。

没走几步，苦艾草的气息便扼住了我们的喉咙。它们灰白的茸毛覆盖着无边无际的废墟。在烈日炙烤下，草叶蒸腾出浓烈的芬芳，大地向整个天宇倾吐着令人醺然的烈酒，连苍穹都为之摇晃。我们向前走着，去迎接爱与欲望的造访。这里不需要训诫，也不需要人们在崇高事物前惯常索取的那种苦涩哲理。在阳光、热吻与野性芬芳之外，万物皆显虚妄。至于我，从未想过要独享此地。常与所爱之人同游，从他们脸上读出的，是爱情绽放时那清澈的笑靥。在这里，我把秩序与尺度留给他人。自然与海洋的汪洋恣肆已将我全然占据。在这废墟与春天的婚礼上，石块挣脱了人类强加的光滑表皮，重新做回自然的子民。为了迎接这些浪子回头，大地铺就了锦绣花毯。广场的石板缝间，天芥菜探出圆润的白脑袋，鲜红的天竺葵将血泪洒在昔日的屋宇、神庙与市集之上。正如渊博的学识终将人引回上帝身边，经年累月后，废墟也重返了大地母亲的怀抱。如今往昔终于离它们而去，再没有什么能干扰那股神秘力量——那将它们引向一切坠落之物核心的永恒引力。

多少时光，我在这里揉碎苦艾、抚触残垣，试图让自己的呼吸与这世界汹涌的叹息同频！埋身于野性的芬芳与昏昏欲睡的虫鸣交响中，我睁大双眼，敞开心扉，直面这被热浪浸透的苍穹那令人窒息的壮美。成为真正的自己，寻回生命本真的尺度，并非易事。但每当凝望舍努阿山坚实的脊梁，我的心便因某种奇异的笃定而平静下来。我学着呼吸，融入其中，终至完满。我攀过一座又一座山丘，每座都赐我以馈赠——比如那座立柱丈量着日晷轨迹的神庙，从那里可以俯瞰整个村落：粉白的墙壁，翠绿的游廊。又比如东侧山丘上的巴西利卡：墙体犹存，四周排列着出土的石棺，大多仍半掩于泥土，仿佛还在参与大地的生命。这些石棺曾安放过亡者，而今却生长着鼠尾草与野萝卜。圣萨尔萨教堂虽是基督圣地，但从每个缺口望出去，映入眼帘的尽是世界的韵律：栽满松柏的山丘，或是二十米外卷起白浪的海洋。承载着圣萨尔萨教堂的山丘顶部平坦，风穿廊柱更显浩荡。晨光里，无边的幸福在天地间轻轻摇曳。

那些需要神话慰藉的人何其贫乏。在这里，诸神不过是昼夜奔流中的枕木或路标。我只需描述："这是红，是蓝，是绿；这是海，是山，是花。"何须搬出狄俄尼索斯的名号来诉说我对揉碎乳香黄连木果实的痴迷？得墨忒耳的古颂诗里那句"得见世间至美者，诚为有福之人"，难道不比我日后所有的冥思都更直抵本质？看见，在这片土地上真切地看见——这至简的真理岂容遗忘？厄琉息斯秘仪只需静观即可参悟。而在这里，我深知自己永远无法真正贴近这世界。必须褪尽衣衫跃入海中，让肌肤满载大地的芬芳在咸水里涤荡，完成陆地与海洋唇齿厮磨千年渴望的缠绵。入水瞬间，寒流如胶质般裹挟全身，耳畔嗡鸣，鼻酸唇苦；挥臂游弋时，水珠缀满的手臂破浪而出，在阳光下如鎏金般闪耀，又拧转全身肌肉再度劈开水面；湍流拂过躯体的每一寸，双腿搅动漩涡的暴烈占有——直到天地界限彻底消融。上岸时瘫倒在沙滩上，向世界彻底臣服，重新坠回这副血肉之躯，在烈日中昏聩恍惚，偶尔瞥见手臂上渐干的水痕里，金绒毛与盐粒正随波光粼动。

在这里，我领悟了所谓荣耀的真谛：那便是肆意去爱的权利。世间唯有这一种爱值得追寻。拥抱一个女人的躯体，亦是将天上倾泻入海的奇异欢愉拥入怀中。稍后，当我纵身扑进苦艾丛，让芬芳浸透全身时，我将清醒地意识到——摒弃所有成见——自己正在践行某种真理，这真理属于太阳，也终将成为我死亡的注脚。从某种意义上说，我在此押上了全部生命，这散发着滚烫石块气息的生命，浸透了海潮的叹息与此刻渐起的蝉鸣。微风沁凉，碧空如洗。我狂热地爱着这样的生活，并渴望自由地诉说：它赋予我生而为人的骄傲。尽管常有人告诫：这没什么可骄傲的。不，当然值得骄傲：这阳光，这海洋，我青春跃动的心脏，带着咸味的躯体，以及这片黄蓝交织的广袤舞台——温柔与荣耀在此相遇。我所有的力量与才智，都该用来征服这片天地。此处万物都让我保持完整，我不曾舍弃任何部分，也不戴任何面具：只需耐心修习生活这门艰深的学问，它远比那些处世之道更值得穷尽一生。

正午将至，我们穿过废墟返回港口边的小咖啡馆。阳光与色彩如铙钹般在脑中轰鸣，此刻满室阴凉是何等恩赐——还有那杯凝着水珠的冰镇薄荷茶！门外，海水与滚烫的尘土之路仍在燃烧。坐在桌前，我试图透过颤动的睫毛捕捉白热天空中斑斓的眩光。汗珠浸湿面庞，轻薄衣衫下的身体却清凉干燥，我们都舒展着那种与世界完成婚礼后的幸福倦意。

这家咖啡馆的餐食粗陋，鲜果却很充足——尤其是桃子，咬破果皮的刹那，汁水便顺着下巴流淌。当牙齿陷入桃肉的瞬间，我听见血液在耳膜上擂鼓，睁大双眼凝视万物。正午的海面铺展着浩瀚的寂静。一切美的事物都自带傲气，而今日的世界正从每个毛孔渗出它的骄矜。面对此情此景，既然我懂得欢愉并非生命的全部，又何必否认活着的喜悦？幸福从来不是耻辱。可如今愚人当道——我将那些畏惧享乐之徒皆称为愚人。世人总对我们耳提面命骄傲之罪：看啊，那正是撒旦的堕落。当心，他们叫嚷着，你会万劫不复，会耗尽元气。后来我确实领教过某种傲慢的危害……但在某些时刻，我仍忍不住要索求这天地共谋赋予我的活着的骄傲。在提帕萨，“我看见”等同于“我确信”，我绝不固执地否认双手可触、双唇可吻之物。我不需要将它们雕琢成艺术品，只想诉说其中的差异。提帕萨于我，恰似那些被用来隐喻世界观的文学角色。它同样在见证，以有力的方式见证。如今它是我的主角，爱抚与描摹它时，我的醉意永无尽头。生命有时，见证生命亦有时。创作之时则不那么天然——我只需用整副身躯去生活，用整颗心脏去见证。活在提帕萨，见证提帕萨，艺术自会随之而来。此中自有大自由。

在提帕萨，我从不逗留超过一日。看一处风景，总会有餍足的时刻——正如要看得足够，又需漫长的光阴。群山、天空与海洋，都如同面容：当我们只是凝视而非真正看见时，终将发现其荒芜或辉煌。但每张面孔若要焕发神采，都必经某种重生。人们总抱怨自己太快厌倦，却忘了该惊叹——世界只因被我们遗忘片刻，重逢时便又崭新如初。

傍晚时分，我回到公园里较为规整的一隅——那是在国道边修葺成花园的角落。挣脱香气与烈日的喧嚣后，晚风沁凉的空气中，心灵渐归平静，松弛的躯体品味着爱欲餍足后滋生的宁谧。我坐在长椅上，看暮色将原野的轮廓渐渐晕染。我已心满意足。头顶的石榴树垂着花苞，紧闭而皱缩如攥紧的小拳头，却攥着整个春天的希望。身后的迷迭香散发着酒酿般的芬芳，丘陵在树影间若隐若现，更远处海平线如丝带蜿蜒，天空像收拢的船帆，将全部柔情停泊在此。心中涌动着奇异的欢愉，那正源于澄明的觉知。演员们深谙这种感受——当意识到自己完美诠释了角色时，确切地说，当举手投足与理想人物的姿态完全重合，仿佛踏入预设的图景又突然令其随自己的心跳复苏时，便是如此。此刻我正体会着这种精准：我演好了自己的角色。尽了一天为人的本分，终日与欢愉为伴并非非凡成就，而是在某些境遇里，幸福成为义务时，我们心怀感动完成的使命。于是我们重归孤独，但这一次，孤独里盛满了圆满。

此刻，树梢已栖满飞鸟。大地在沉入幽暗前吐出悠长的叹息。待第一颗星亮起，夜幕将垂落于世界的舞台。那些光芒四射的白昼诸神，将重归他们日复一日的死亡。但另一些神明即将降临——尽管面目更晦暗，那些斑驳的容颜却将从大地的心脏诞生。

此刻，海浪在沙滩上无休止绽放的声响，穿过金色花粉舞动的空间，抵达我的耳畔。海洋、原野、寂静与这片土地的芬芳，让我饱吸馥郁的生命，我咬下这世界已然成熟的金色果实，任它浓烈甘甜的汁液沿着唇边流淌，心潮澎湃。不，重要的不是我，也不是这世界，而是两者之间那份默契与静默孕育的爱意。这份爱，我不屑独自占有——我清醒而骄傲地知道，它属于整个与阳光海洋同源的种族：鲜活而醇美，因质朴而崇高，他们伫立海滩，向着璀璨天空报以会心微笑。

重返提帕萨

你怀着满腔怒火，远离父辈的居所扬帆远航，穿越重重海崖，最终栖居异乡。

——欧里庇得斯《美狄亚》

连续五日的大雨不停冲刷着阿尔及尔，最终连海水也被浸透。阴云密布的天穹仿佛永不枯竭，黏稠的暴雨倾泻而下，笼罩着整个海湾。海水如同吸饱水分的灰色海绵，在模糊的海湾轮廓间肿胀起伏。但在绵密的雨幕下，海面却近乎凝滞。偶尔，一道难以察觉的暗涌会使海面升起浑浊的雾气，飘向那些被雨水浸透的环城大道下方的港口。整座城市的白墙都在渗水，蒸腾起另一重雾气，与海上的水汽交融。无论转向何方，呼吸间尽是水汽——空气似乎成了可饮之物。

我行走在这片被雨水吞没的海边，等待着——12 月的阿尔及尔于我仍是夏之城。我逃离了欧洲的黑夜，逃离了寒冬的面容。可这座夏之城也已笑靥尽失，只留给我一个个佝偻发亮的背影。入夜后，我躲进灯火刺目的咖啡馆，在那些似曾相识却叫不出名字的脸上，读出了自己的年岁。我只知道他们曾与我共度青春，而今青春不再。

可我依然固执地等待着，虽不知究竟在等什么——或许，是在等一个重返提帕萨的时机。诚然，重访青春故地，妄图在四十岁时重温二十岁时的挚爱或狂喜，实属疯狂，且往往要付出代价。但我对此心知肚明。战争岁月终结了我的青春，战后不久，我便曾回到提帕萨。我想，当时是希望重获那份难以忘怀的自由吧。二十多年前，我确实在那里度过了无数个清晨——徘徊于废墟间，呼吸苦艾的芬芳，倚靠滚烫的石头取暖，寻觅那些熬过春天却转瞬凋零的野玫瑰。唯有正午时分，当蝉鸣也被烈日击溃，我才逃离那吞噬万物的贪婪光焰。深夜里，有时我睁眼躺在星河倾泻的天幕下。那时，我真切地活着。十五年后，我重访故地。距浪花几步之遥，穿过长满苦木的田野，沿着被遗忘的城市街道行走，在俯瞰海湾的山坡上，我依然抚摸着那些黄褐色的石柱。可如今废墟已围上铁丝网，仅能从指定入口进入。据说出于道德考量，夜间禁止游荡；白天则会遇见持证的看守。那日清晨，整片废墟恰逢大雨滂沱。

我迷失方向，在湿漉漉的荒原上踽踽独行，至少试图找回那种至今仍忠于我的力量——当认识到某些事物无法改变时，它助我坦然接受。是的，我既不能让时光倒流，也无法让世界重现那张我深爱却早已消逝的面容。1939年9月2日，我本该前往希腊，却未能成行。战争反而找上门来，继而吞没了希腊本土。那天，面对盛满黑水的石棺，或是浸透雨水的柽柳，我同样在自身感受到了这种距离——那些将滚烫废墟与铁丝网隔开的岁月。最初，我在美的景象中长大，那曾是我唯一的财富，我始于完满。而后铁丝网降临——我指的是暴政、战争、警察与反抗的年代。必须学会与黑夜和解：白昼之美已成追忆。而在这泥泞的提帕萨，连记忆都在褪色。哪里还谈得上美、完满或青春！在战火映照下，世界突然显露出新旧伤痕与皱纹。它骤然苍老，我们也随之老去。我来此寻求的冲动，深知唯有不知自己将起跳之人才能被其托起。没有几分天真，何来爱意？天真何在？帝国崩塌，民族与人互相撕咬，我们满嘴污秽。起初懵懂无知而天真，如今身不由己成罪人：奥秘随认知增长。正因如此，我们竟可笑地忙于道德。我这残缺之躯，竟梦想美德！天真岁月里，我不知道德为何物。如今知晓了，却无力践行。在我曾经钟爱的海岬上，在毁坏神庙的湿漉石柱间，我仿佛追随着某个身影——仍能听见他在石板与瓷砖上的足音，却永难企及。我回到巴黎，又蹉跎数年才重归故里。

然而这些年里，我总隐隐约约感觉缺失某种东西。人若曾有幸深爱过，余生便都在追寻那份炽烈与光明。放弃美及其附着的感官欢愉，只为苦难效忠——这需要我所不具备的崇高。但归根结底，任何强迫人排斥他物的道理都非真谛。孤立的美终将扭曲，独裁的正义终成压迫。偏执一端者，既不能服务他人亦不能成全自己，最终只会加倍助长不公。终有一天，人们的灵魂因僵化而不再惊叹，万物皆成定数，生命沦为重复。这便是流放的年代，干涸的岁月，死魂灵横行之际。重生需要恩典，需要忘我，或需要一个祖国。某些清晨，街角转弯处，清甜的露水落在心间又转瞬蒸发。但那抹沁凉仍在，而心灵所求，从来都是这份凉意。我必须再度启程。

在阿尔及尔，我再度行走在滂沱大雨中——这场雨仿佛自我以为永别的那日起就未曾停歇。在这混合着雨水与海腥味的浩瀚忧郁里，尽管雾霭蔽空，行人背影在雨帘中仓皇闪躲，咖啡馆的硫黄灯光将面容照得变形，我仍固执地怀抱希望。况且我岂不知，阿尔及尔的骤雨虽看似永无止境，却会如我故乡的河流般瞬息停歇——两小时内暴涨，吞噬万亩良田，又骤然干涸？果然某日黄昏，雨停了。我又等待一夜。澄澈的晨光从纯净的海面升起，炫目耀眼。天空如被反复漂洗的眼眸，清新透亮，在一次次涤荡中褪至最纤薄明净的质地，倾泻下颤动的光芒，为每栋房屋、每棵树勾勒出鲜活的轮廓，焕发令人惊叹的新生。创世之晨的大地，想必正是在这般光芒中破晓。我再次踏上了通往提帕萨的路途。

这六十九公里的路途，每一寸都浸透着我的记忆与情感。暴烈的童年，巴士嗡鸣中少年的遐想，清晨，鲜活的少女，海滩，永远紧绷的年轻肌肉，十六岁心脏里轻微的暮色惶惑，对生命的渴望，荣光，以及经年不变的天空——永不枯竭的力量与光明，它自身却贪得无厌，连续数月将祭品钉在海滩的十字架上，在正午的丧钟时分逐一吞噬。同样永恒的海，在晨光中几乎不可触及，当道路离开萨赫勒地区青铜色的葡萄园山丘向海岸俯冲时，我又在地平线尽头认出了它。但我没有驻足凝视。我渴望重见舍努阿山——那座从整块巨石中劈出的沉甸甸的山峦，它沿着提帕萨海湾西侧延伸，最终自己也沉入海中。远在抵达之前就能望见它，起初是混同天色的淡蓝雾霭。但随着靠近，它逐渐凝结，最终染上周围海水的色泽，宛如一道突然凝固的滔天巨浪，悬在骤然平静的海面上。更近些，几乎到了提帕萨的城门前，它眉峰般的庞然身躯便显现出来，棕绿相间，这覆满青苔的古老神祇岿然不动，是它子嗣的港湾与避风港——而我正是其中一员。

终于，我凝望着它越过铁丝网，重返废墟之间。12 月的明媚阳光倾泻而下——人生中仅有一两次的恩赐时刻，此后便可谓圆满——我准确找回了此行所求之物。尽管时光荏苒、世事变迁，这片荒芜自然仍将其独独馈赠于我。站在橄榄遍地的广场，下方村落尽收眼底。万籁俱寂，几缕轻烟升入澄澈的天空。海也缄默，仿佛被连绵不断的清冷光芒淋得窒息。唯有舍努阿山方向传来的遥远鸡鸣，歌颂着白昼脆弱的荣光。废墟所及之处，目光所至，唯有斑驳的石头与苦艾，还有水晶般透明的空气中完美的树木与石柱。晨光似乎凝固了，太阳停驻在无法估量的瞬息。在这光芒与寂静里，经年的愤怒与长夜正缓缓消融。我听见体内几乎被遗忘的声响，仿佛停跳已久的心脏正重新轻柔搏动。此刻苏醒的我，逐一辨认出寂静本身的声响：鸟鸣的低音持续，岩畔海浪短促的轻叹，树木的战栗，石柱无眼的吟唱，苦艾的窸窣，蜥蜴掠过的窣响。我听见这些，也听见内心涌起的幸福潮声。恍惚终于归港，至少这一瞬已成永恒。但须臾之间，太阳已明显升高。乌鸫试啼一声，霎时四面八方爆发出鸟雀的合唱——那么有力，那么欢欣，那么悦耳的嘈杂，那么无尽的狂喜。白昼重新启程，它将载我直至黄昏。

正午时分，我伫立在半是沙土的山坡上，这里覆满天芥菜，宛如连日怒潮退去时留下的泡沫。凝望着此刻仅以疲惫的起伏微微呼吸的海面，我餍足了两种若长久缺失便会令灵魂枯竭的渴望——我指的是爱与赞叹。不被爱仅是时运不济，而无力去爱才是真正的灾难。我们所有人，今日都正死于这种灾难。因为鲜血与仇恨会剜尽心脏的血肉；对正义的漫长索求终将耗尽孕育它的爱意。在我们栖身的喧嚣里，爱既无可能，正义亦不足够。所以欧洲憎恶白昼，只会以不公对抗不公。但为防止正义萎缩成徒留干涩苦瓤的美丽柑橘，我在提帕萨重新发现：必须守护内心永不枯竭的清新与喜乐源泉，去热爱超脱不公的白昼，再带着这份夺回的光明重返战斗。在这里，我重获古老的美丽与年轻的天空，我衡量着我的运气，终于懂得在最疯狂的岁月里，这片天空的记忆从未离我而去。正是它，最终阻止我陷入绝望。我始终认为，提帕萨的废墟比我们的工地或瓦砾更年轻。世界在此处每日都以崭新的光芒重生。啊，光明！这声呼喊属于古典戏剧中所有直面命运的角色。这最后的救赎也是我们的，如今我已了然。在隆冬，我终于明白，我身上有个不可战胜的夏天。

我再度告别提帕萨，重返欧洲与它的纷争。但那日的记忆依然支撑着我，让我能以同样的心，去接纳令人振奋与令人压抑的一切。在我们所处的艰难时刻，除了不排斥任何事物、学会将白线与黑线编织成一根紧绷欲断的绳索，我还能奢求什么？迄今为止的所言所行，我都能从中辨认出这两种力量——即便它们彼此抵触。我无法背弃滋养我的光明，却也不愿拒绝这个时代的枷锁。若在此处用那些更响亮残酷的名字来对抗“提帕萨”的温柔，未免太过轻易：当代人有一条我熟知的内在之路，因我曾往返其间——它从精神的丘陵通往罪恶之都。当然，人们总可以安歇，在山丘上沉眠，或在罪恶中寄居。但若放弃存在的某部分，就必须放弃自身的存在，就必须放弃真实的生活与爱，只靠代偿度日。因此，这种对生命全然的接纳，这种不愿拒绝任何生命体验的意志，便是我在世间最崇敬的美德。至少偶尔，我确曾践行过它。既然少有时代像我们这个时代一样，要求人同时平等地面对至善与至恶，那么我愿准确无误地保持双重记忆。是的，这世上有美，也有受辱者。无论践行多么困难，我愿永远忠于两者，无一背弃。

然而这仍像是某种道德说教，而我们活着，是为了某种超越道德的存在。若能为之命名，那该是怎样的静默啊。在提帕萨东侧的圣萨尔萨山丘上，暮色已然降临。天光犹亮，但光芒中，某种无形的衰竭正宣告白昼的终结。微风轻起，如夜色般轻盈，骤然间平静的海面有了方向，像一条荒芜的大河，从地平线的一端流向另一端。天色转暗。于是神秘降临，夜之神明与快感之外的彼岸。但该如何言说这一切？我从这里带走的小小钱币，一面清晰可见，是美丽女子的容颜，向我诉说今日所学；另一面已被蚀损，归途中在我的指腹下摩挲。这无唇之口能说什么？不过是那神秘的声音在我体内日复一日诉说——我的无知与幸福：

“我所追寻的秘密，深藏在橄榄谷中，掩于青草与寒凉的紫罗兰之下，环绕着一座飘散葡萄藤气息的老屋。二十余载，我踏遍此谷与相似的幽谷，询问沉默的牧羊人，叩响无人废墟的门扉。偶有几次，当第一颗星辰缀上尚明的天幕，沐浴着细密的光之雨，我以为自己已然知晓。我确实知晓过。或许至今仍知晓。但无人渴求这秘密，恐怕连我自己也不想要。我无法割舍我的族人。我生活在一个自以为统治着那些由石头与迷雾筑成的、富庶而丑陋之城的家族里。他们昼夜高谈阔论，万物在他们面前俯首——唯独他们不向任何事物低头，对一切秘密充耳不闻。承载我的这股力量令我厌倦，有时他们的叫嚷使我疲惫。但他们的不幸即我的不幸，我们血脉相连。我这个跛足的共犯，不也在乱石堆中喧嚷过吗？于是我竭力遗忘，穿行于钢铁与烈火之城，勇敢地向黑夜微笑，呼唤暴风雨，我将保持忠诚。事实上我已遗忘，从此积极而聋聩。但或许有一天，当我们准备死于疲惫与无知时，我能放弃这些聒噪的坟墓，去往山谷躺卧，沐浴同样的光芒，最后一次领悟我所知晓的真理。”

（1952 年）

杰米拉[1]的风

有些地方，精神的消亡恰是为了诞生否定精神本身的真理。初到杰米拉时，虽有狂风烈日，但那已是另一段故事。首先要说的是，那里笼罩着一种沉重而无裂隙的巨大静默——犹如天平的平衡。鸟鸣、三孔笛的闷响、山羊的蹄声、天际的隐约喧哗，所有这些声响反而凸显了此地的寂静与荒凉。偶尔，一声脆响或尖啸标志着石缝间惊起的飞禽。每一条小径——房屋废墟间的羊肠小道、廊柱下光可鉴人的石板大街、凯旋门与山岗神庙间的巨型广场——最终都通向环绕杰米拉的峡谷，如同摊开在无垠苍穹下的纸牌。人立于此，心神凝聚，直面那些石头与静默，而日光推移，山峦渐呈紫黛，愈发巍峨。

---

1 阿尔及利亚的宗教圣地，古代名城，地处高原。——译者注（下文若无特殊说明均为译者注）

但风永不停歇地吹过杰米拉高原。在这阳光与狂风将废墟与光明混作的混沌中，某种东西正在锻造，它让人丈量出自己与死城孤寂静默的同一性。

抵达杰米拉需要漫长的时间。这不是一座可供驻足或途经的城市。它不通往任何地方，也不向任何地区敞开。这是个令人到了之后必须折返的所在。这座死城位于蜿蜒长路的尽头，每个转弯处都似在许诺它的出现，却使路途显得愈发迢遥。当它最终浮现于色彩褪尽的高原，蜷缩在崇山峻岭之间，那灰黄的骨架宛如骨殖之林——此刻的杰米拉便成为某种启示的象征：唯有爱与忍耐的修行，方能引领我们抵达世界跳动的心脏。在这里，借由几株枯树、些许荒草，它用全部山峦与石块筑起防线，抵御庸俗的赞叹、如画的风景，以及希望的游戏。

我们在这片荒芜的壮美中徘徊终日。午后初时几乎难以察觉的风，似乎随时间推移愈发猛烈，最终席卷了整个风景。它从东方远山的缺口奔涌而来，自地平线深处疾驰，在乱石与烈日间倾泻成瀑。永不停歇地呼啸穿行于废墟，在石与土构成的圆形剧场中盘旋，冲刷着斑驳的巨石堆，用气息缠绕每根石柱，最终化作无尽嘶吼倾注在向天空敞开的广场上。我感觉自己如桅杆般在风中噼啪作响。躯干被掏空，双眼灼痛，嘴唇皲裂，皮肤干涸到不再属于自己。曾经正是通过这层皮肤，我破译世界的笔迹。它在此留下温柔或愤怒的印记，用夏日的吐息温暖它，或用霜齿啃噬它。但在长久的吹刮中，经过一个多小时的摇晃，抵抗得头晕目眩，我失去了对身体轮廓的感知。就像被潮水打磨的卵石，我被风抛光，连灵魂都被磨损。起初我只是随风飘荡的微末力量，继而成为其大部分，最终完全与之合一——将我血液的搏动与自然这颗无处不在之心的洪亮撞击混为一团。风依照周遭炽热赤裸的景象塑造着我。它转瞬即逝的拥抱，赋予我作为众石之一的孤独，如一根石柱或夏日晴空下的橄榄树那般孤独。

这阳光与暴风的洗礼耗尽了我全部的生命力。体内仅余微微振翅般的搏动，那生命的怨叹，那精神微弱的反抗。很快，我将自己抛撒至世界四极，遗忘一切亦被自己遗忘——我即这风，是这些石柱与拱门，是散发灼热气息的石板，是环绕荒城的苍白山峦。我从未如此深切地感受到：自我正在消融，却又如此真实地存在于世。

是的，我存在于此刻。此刻震撼我的，是我无法再前进一步。像被判终身监禁的人——万物皆在眼前。亦如知晓明日与往后所有日子都将如此的人。因为对人而言，意识到当下即意味着不再期待。若有些风景是心灵的写照，那必是最庸常的。我沿着这片土地追寻某种不属于我，而属于它的东西，如同我们共有的死亡滋味。在如今斜影斑驳的石柱间，忧虑如受伤的飞鸟融化于空气。取而代之的，是这干涸的清醒。忧虑生于活人的心脏，但平静终将覆盖这颗跳动的心，这便是我的全部洞见。随着白昼推移，当声响与光芒被从天而降的灰烬掩埋，我被自我抛弃，对体内那些缓慢说着“不”的力量毫无招架之力。

鲜有人明白，有一种拒绝与放弃毫无共通之处。在这里，“未来”“改善”“境遇”这些词有何意义？心灵的进步又意味着什么？若我固执地拒绝世间所有“以后”，那同样意味着我不放弃当下的丰盈。我不愿相信死亡会通向另一种生命。对我而言，它是一扇关闭的门。我并非说这是必须跨越的一步，而是说这是场肮脏可怖的历险。人们向我提议的一切，都试图卸去人生命的重负。而在杰米拉天空那些巨鸟沉重的翱翔前，我所渴求并获得的，恰恰是生命的某种重量。全然沉浸于这种被动的激情中，其余便不再属于我。我心中青春太多，尚无法谈论死亡。但倘若必须言说，我想正是在这里，我会找到那个精确的词语——在恐惧与静默之间，道出对毫无希望的死亡那份清醒的认知。

我们活着，带着几个熟悉的念头。两三个而已。在偶遇的世界与人海中，我们打磨它们、改造它们。十年方能形成一个真正属于自己的、可以言说的思想。自然，这有些令人气馁。但人由此得以亲近世界美丽的面容。在此之前，他只是与它正面相对。而后他必须侧身一步，才能看清它的轮廓。年轻人直面世界。他尚未有时间打磨关于死亡或虚无的念头——尽管他已咀嚼过其中的恐怖。这大概就是青春：与死亡的艰难对峙，是热爱阳光的动物那生理性的恐惧。与常言相反，至少在这方面，青春没有幻觉。它既无时间也无虔诚去构建幻觉。不知为何，面对这沟壑纵横的风景，面对杰米拉这凄厉而庄严的石之呐喊——在夕阳下如此非人，面对希望与色彩的死灭，我确信：当值得称为人者走到生命尽头，必将重历这种对峙，否认他们曾有过的那些念头，重获那种天真与真实——那曾在古人面对命运时闪烁于他们眼中的光芒。他们重拾青春，却是通过拥抱死亡。在这方面，没有什么比疾病更可鄙。它是对死亡的疗愈。它为此做准备。它创造一种修行，其第一阶段便是自我怜惜。它支撑着人类逃避全然死亡的确定性这一巨大努力。但杰米拉……此刻我深深感到，文明真正且唯一的进步——那种偶尔有人为之献身的进步——在于创造有意识的死亡。

令我始终惊异的是，尽管我们热衷于对其他话题高谈阔论，对死亡的思考却如此贫瘠。这是好事还是坏事。我惧怕它或呼唤它（人们如是说）。但这恰恰证明，所有简单之物都超出我们的理解。何为蓝色？如何思考蓝色？思考死亡亦是同样的困境。对于死亡与色彩，我们都无从讨论。然而，眼前这个如大地般沉重、预示着我未来的人，才是真正重要的。但我能真正思考它吗？我对自己说：我终将死去——这话毫无意义，因为我无法真正相信，只能通过他人的死亡获得经验。我曾目睹人们死去。更常见的是目睹狗的死亡。触碰它们的时刻令我战栗。于是我想起：鲜花、微笑、对女性的欲望，这才明白我对死亡的全部恐惧都出于对生的妒忌。我嫉妒那些将活下去的人，对他们而言，鲜花与对女性的欲望仍保有血肉丰满的意义。我满怀妒意，因为我太热爱生命以至于无法不自私。永恒于我何干？某日躺着时，或许会听见有人说：“您很坚强，我应当坦诚相告：您即将死去。”那时你将躺在那里，双手紧握全部生命，恐惧深入脏腑，目光呆滞。其余的意义是：血液如潮水般拍打着太阳穴，仿佛要碾碎周遭的一切。

但人们的死亡违背他们的意愿，也违背他们精心布置的舞台。人们安慰道：“等你痊愈后……”而他们却死去了。我不要这样的谎言。因为如果说大自然有时撒谎，它也有吐露真言的时刻。今晚的杰米拉就在诉说真相——带着何等忧伤而执着的美丽！面对这个世界，我不愿说谎，也不愿被欺骗。我要将这份清醒坚持到底，用我全部的妒忌与恐惧凝视我的死亡。正是当我与这世界分离时，我才畏惧死亡——因为我留恋生者的命运，而非凝望永恒的天空。创造有意识的死亡，就是缩短我们与世界的距离，不带欢欣地走向终结，同时清醒地意识到那个永远失落的世界里令人振奋的景象。杰米拉群山的哀歌，将这苦涩的教诲更深地刻入我的灵魂。

傍晚时分，我们攀爬通往村庄的山坡，折返途中听着解说：“这里是异教古城，那片突出地面的区域是基督徒的聚居地。后来……”是的，确实如此。不同族群与社会在此更迭，征服者们用士官文明的烙印玷污了这片土地。他们对“伟大”的理解卑劣而可笑，以疆域丈量帝国的荣光。奇迹在于，他们文明的废墟恰恰否定了其理想。因为这座骸骨之城，在暮色中从高处俯瞰，在凯旋门周围白鸽的环绕下，并未将征服与野心的符号刻上天穹。世界终将战胜历史。杰米拉向群山、天空与静默发出的这声石之呐喊，我懂得其中的诗意：清醒、漠然，这才是绝望或美的真正印记。面对我们即将告别的这种崇高，心脏为之紧缩。杰米拉留在我们身后，带着它天空中忧郁的水汽，高原另一侧传来的鸟鸣，山羊在山坡上突然而短暂的奔窜，以及松弛而清越的暮色中，祭坛三角楣上那位长角神祇鲜活的面容。

海伦的流亡

地中海拥有属于阳光的悲剧，而非雾霭的悲剧。某些夜晚，在山脚下的海面，夜色降临有着完美弧形的小海湾时，从寂静的水面会升起一种令人窒息的丰盈。在此处可以理解，即便希腊人触及绝望，也总是通过美——以及美中令人压抑的部分。在这金色的苦难里，悲剧达到顶峰。而我们的时代，却在丑陋与痉挛中滋养绝望。因此，倘若痛苦也能变得卑劣，欧洲便堪称卑劣。

我们放逐了美，而希腊人曾为美拔剑而战。这是首要差异，且渊源深远。希腊思想始终以界限为屏障。它从不将任何事物推向极端——无论是神圣还是理性，因为它从不否定任何一方。它为万物留有余地，用光明平衡黑暗。相反，我们的欧洲醉心于征服整体，是狂妄的产物。它否定美，如同否定一切它不颂扬之物。尽管方式各异，它只颂扬一样东西：理性的未来统治。在癫狂中，它不断僭越永恒的界限，顷刻间，晦暗的复仇女神便扑来将其撕裂。涅墨西斯守护着尺度，而非复仇。凡越界者，必遭她无情惩罚。

千百年来追问正义真谛的希腊人，恐怕难以理解我们现今的正义观。于他们而言，公正意味着界限，而我们整个大陆却在追求绝对正义的痉挛中战栗。希腊思想的黎明时分，赫拉克利特早已预言：正义甚至为物质宇宙设下藩篱。“太阳不敢逾越它的轨道，否则守护正义的复仇女神必将察觉。”我们这些让宇宙与精神脱轨的现代人，却对此警告报以嘲笑。我们在癫狂的天幕上肆意点燃我们想要的太阳。然而界限始终存在，我们心知肚明。在最极端的疯狂里，我们仍梦想着那个被遗弃的平衡，还天真地以为在歧路尽头能重获它。这般稚童般的狂妄，恰说明为何如今由我们疯狂思想的继承者——那些文明幼童——来主宰历史。

赫拉克利特的另一则残篇直陈：“狂妄乃进步之倒退。”这位以弗所哲人逝去数世纪后，面对死刑威胁的苏格拉底唯一自认的优势是：对自己无知之事，绝不妄称知晓。那个时代最高贵的思想与生命，终以骄傲地承认无知作结。我们遗忘此事时，也遗忘了自己的阳刚气概。我们偏爱模仿伟大的强权——先是亚历山大，继而是罗马征服者，教科书作者们竟以空前卑劣的心灵教我们崇拜这些人物。轮到我们征服时，我们挪移界碑，掌控天地。我们的理性制造了虚空。最终孤独地，我们在荒漠上建成帝国。当自然曾平衡历史、美与善，甚至将数的韵律注入血腥的悲剧时，我们对此等崇高的平衡还有何等想象力？我们背弃自然，以美为耻。我们可悲的悲剧散发着办公室的浊臭，其中流淌的鲜血带着油腻墨水的颜色。

正因如此，如今宣称我们是希腊的子嗣实属不当。若非要如此说，那我们便是背弃祖训的逆子。我们将历史奉上神坛，朝着神权政治迈进——恰如希腊人称为蛮族，并在萨拉米斯海战中死战到底的那些敌寇[1]。若要理解我们的变异，必须审视那位真正与柏拉图分庭抗礼的哲学家。“唯有现代都市，”黑格尔悍然写道，“为精神提供自我觉醒的土壤。”我们就这样活在巨大城市的时代。世界被蓄意阉割了维系永恒的元素：自然、海洋、山丘、暮色中的冥想。街上才有意识，因为街上才有历史——

1　希腊人曾在萨拉米斯海上大败波斯人。

此乃铁律。随之而来的是，我们最杰出的作品也印证着同样的偏见。自陀思妥耶夫斯基以来，你在欧洲伟大文学中寻找风景描写是徒然的。历史既不能解释先它而存的自然宇宙，也不能解释超乎其上的美。于是它选择漠视这些。当柏拉图包容一切——荒诞、理性与神话时，我们的哲学家却只容得下荒诞或理性，因为他们对其余一切闭目塞听。而鼹鼠仍在沉思。

正是基督教率先用灵魂的悲剧取代了对世界的凝观。但至少它还指向某种灵性自然，借此维系着某种恒常。上帝既死，唯余历史与强权。长久以来，我们哲学家的全部努力，无非是要用“处境”概念置换“人性”概念，用偶然的狂飙或理性的无情运动取代古老的和谐。希腊人为意志设下理性的界限，我们却最终将意志的冲动植入理性核心，使之沦为凶器。对希腊人而言，价值先于一切行动，恰恰为行动划定边界。现代哲学则将价值置于行动的终点。它们并非既存，而是生成，唯有历史终结时我们方能窥其全貌。随着价值消逝，界限也随之泯灭。由于人们对价值的构想各异，又因缺乏这些价值约束的斗争必然无限蔓延，各种救世主义如今相互倾轧，它们的呐喊湮没在帝国碰撞的轰鸣中。赫拉克利特说：

“狂妄是烈火。”而今火势蔓延，尼采已被超越。欧洲不再以锤子思考，而是以炮火思考。

然而自然始终在场。它以宁静的天空和自身的理性，对抗着人类的疯狂。直到原子也被点燃，历史在理性的胜利与物种的垂死挣扎中终结。但希腊人从未说过界限不可逾越。他们只说界限确实存在，而胆敢越界者必遭无情惩罚。当今历史中的一切，都无力反驳这一真理。

历史精神与艺术家都企图重塑世界。但艺术家因天性使然，知晓其界限所在，而历史精神对此视而不见。因此后者终将导向暴政，前者的激情却通往自由。如今所有为自由而战者，究其根本，皆为美而战。当然，这并非为美本身辩护。美离不开人类，唯有追随时代的不幸，我们方能赋予这个时代伟大与宁静。我们再不会成为隐士。但同样确凿的是，人类离不开美——而这正是我们这个时代佯装不知之事。它坚决地追求绝对与霸权，尚未穷尽世界就急于将其变形，尚未理解就妄图规整。无论它如何辩白，实则已背弃此世。奥德修斯[1]能在卡吕

1　奥德修斯被女神卡吕普索强留在岛上七年，但她无法动摇他回家的决心，最终在神的干预下，奥德修斯得以离开。

普索处选择永生或故土。他选择了故土，连同随之而来的死亡。如此朴素的崇高，于我们已属陌生。或有人说我们缺乏谦卑。但归根结底，这词模棱两可。我们不过缺少人的骄傲——像陀思妥耶夫斯基笔下的小丑，夸耀一切，攀摘星辰，最终却在公共场所袒露羞耻——那忠于自身界限的骄傲，对人之境况清醒的爱。

“我憎恶我的时代。”圣埃克絮佩里在临终前写道，其缘由与我所述相去不远。但尽管这声呐喊令人震颤——出自一位深爱人类高贵之处的人之口——我们却不能苟同。然而，在某个时刻，背弃这具枯槁世界的诱惑何其强烈！但这时代终究属于我们，我们无法在自我憎恶中生存。它堕落至此，既因美德的泛滥，亦因缺陷的宏大。我们将为那源远流长的美德而战。何种美德？帕特罗克洛斯[1]的战马为阵亡的主人哀鸣。一切尽丧。但阿喀琉斯重燃战火，胜利终将到来，只因友谊刚遭屠戮：友谊即美德。

承认无知、拒绝狂热、认清世界与人类的界限、珍

1　帕特罗克洛斯是希腊英雄阿基里斯最亲密的朋友和战友，在特洛伊战争中假扮阿喀琉斯出战并战死于特洛伊城下，死于赫克托耳之手。

爱面容、最终回归美——这便是我们将与希腊人重逢的营地。从某种意义上说，未来的历史意义并非人们所想。它存在于创造与审判的斗争中。尽管艺术家们将为赤手空拳付出代价，我们仍可期待他们的胜利。黑暗哲学将再一次在波光粼粼的海面上消散。啊，正午的思想，特洛伊战争正在远离战场的地方进行！这一次，现代都市可怖的城墙终将崩塌，释放出“灵魂平静如海面安宁”的海伦之美。

阿尔及尔的夏天

——致雅克·厄尔贡[1]

我们与城市分享的爱往往秘而不宣。巴黎、布拉格、佛罗伦萨都是独一处的空间，守护着一个专属于她们自己的世界。但阿尔及尔，和她独有的那些面朝大海的小城，都朝向天空打开，像一张嘴巴，也像一道伤口。人们爱上阿尔及尔的原因，就是人们在那里生活的日常：每个街角都能看到的大海，沉沉的阳光，当地人的美丽，以及一直以来，存在于冒失与馈赠之中的某种神秘香味。在巴黎的时候，人们可能会怀念阿尔及尔的宽敞空间和振翅飞鸟。在这座城市，人们至少心满意足，想要的东西都已得到，便也能估量自己的财富。

---

1 Jacques Heurgon，1903 年生于巴黎，法国学者、教授、历史学家，1932 年至 1945 年间在阿尔及尔文学院负责拉丁语言及文学课程。

或许要在阿尔及尔住上很久才能理解数不胜数的自然资源竟至于让人感到乏味。对那些想要学习、受教育，成为更好的自己的人来说，这里一无是处。这座城市没课可上。它不预言前路，也不给任何暗示。它满足于给予，慷慨地给予。整个城市呈现在你的眼前，一旦人们在这里感受到快乐，便意味着人们懂得了这个地方。这里的享乐无可救药，快乐也不旨在带来希望。这里要求人们拥有看透一切的灵魂，也就是说不需要安慰的灵魂。这里要求人们清醒决断如同信仰一般。这独一无二的城市只是给予，将她的光彩和苦难一并喂到人们的口中！她给予感性的人丰沛的感官享受，如果这些感官享受与最极端的贫穷交叠一起，也不足为奇，不与苦难并行的便不是真实。所以，相较于这座城市的其他面孔，我最爱的莫过于最贫苦的那张，这又有何稀奇？

如果人们在年少时来到这里，会发现他们的人生与美貌相配。随之而来的，则是退步与遗忘。他们在青春上下赌注，但是他们知道自己终会一败涂地。在阿尔及尔，对年轻有活力的人来说，一切都是可行的逃避与借口：海湾、阳光、从露台到海边的红白游戏、鲜花、体育场里少女的美腿。但是，对不再年轻的人来说，阿尔及尔无处可依，在任何地方，忧愁都无所遁形。在别处，意大利的露台，欧洲的修道院，或是普罗旺斯的山丘，有这么多的地方供人从“人”的条条框框中逃开，柔和地摆脱自己。但是，阿尔及尔的一切都要求孤独与年轻人的热血。歌德弥留之际呼唤着光明，而光明已是一个古老的词语。在贝尔考特，在巴布瓦德，老人坐在咖啡厅靠里的位置，听着梳油头的年轻人自我吹嘘。

那些初始，那些最终，是阿尔及尔的夏天让我们开始又结束。这几个月里，城市空如荒漠。只剩下穷人和天空。我们和穷人们一起下到港口，走向阿尔及尔的宝藏：温热的海水和女人黝黑的皮肤。晚上，在海边待够了的人们重新回到蜡布和煤油灯前，回到自己的生活里。

在阿尔及尔，人们不说“洗个澡”，而说“往身上泼泼水”。不是什么大事。大家在海水里泡泡，然后在浮板上休息。如果路过一个浮板，浮板上已经有一个漂亮的女孩，男人就会和自己的同伴喊道：“我跟你说过那儿有只小海鸥。”都是些无伤大雅的小乐子。大概就是这些小乐趣构建了这些年轻人的理想生活，因为大部分年轻人冬天仍旧继续这么过，每天中午，在太阳下赤裸着，吃一顿粗茶淡饭。倒不是因为他们读过了自然主义者那些肉体新教徒的无聊的布道（关于身体也有一系列陈见，和思想一样），而是说他们实打实地“享受阳光”。这种生活习惯对我们的时代有多重要，怎么说都不夸张。两千年来第一次，海滩上能够赤裸着身体。二十个世纪里，人们都沉迷于将希腊的放肆与天真包装成端庄得体，从而弱化肉体，强化衣着。如今，在这段历史之外，年轻人在地中海的沙滩上奔跑的姿态正是提洛岛上竞技者们英姿的重影。像这样，靠近身体活着，通过身体活着，人们才会意识到身体与身体之间的细微差别，意识到身体的生命，从而尝试触及一种专属于身体的无意义和心理学。[1] 身体的演进与思想的演进一样，都有自己的历史、

1　我能够自嘲地说我不喜欢纪德赞颂身体的方式吗？纪德要求身体约束自己的欲望，从而变得更为敏锐。他在这点上接近妓院行话里所谓的“搞复杂化的人”或是“从事脑力活动的人”。基督教教义同样想要悬置欲望。但是，基督教认为这是一种苦修，这样的想法更为自然。我的同仁文森特是箍桶匠、青少年蛙泳冠军，他看事情的方式更透彻。他渴了就喝水，想要一个女人就与她同床共枕，爱她就娶她（虽然这尚未发生）。而且，他总是说：“事情总是越来越好。”——这有力地总结了关于厌腻的辩解。——作者注

曲折、进步和不足。只有一点儿不同，那就是色彩的不同。当人们夏天到海边晒太阳，会意识到所有人的皮肤都同时从白变金黄，再从金黄变古铜，最终走向一种黝黑，那是身体能够达到的最极限的变化。卡斯巴哈方方正正的白色房屋俯瞰着港口。从海里看向岸边，在这座阿拉伯城晃眼的白色背景里，身体组成了一道道古铜色的浪。如果到了 8 月，太阳更大的时候，白色的房子就显得更为刺眼，而黝黑的皮肤则更显炽热。怎么能不投身于这种石头和身体在不同阳光和不同季节中的对话之中呢？整个早上都在潜水中度过，在波浪里喧闹的笑声中度过，在红黑色货船的四周的短桨里度过（从挪威来的货船满是木头香，从德国来的则是油味，沿海跑的货船闻起来都是红酒和陈年木酒桶的香气）。等到太阳从天空的各个角落溢出，满载着古铜色身体的橘色皮筏艇将我们带入一次疯狂的航程。当有着果色桨翼的双桨那有节奏的拍打戛然而止时，我们久久地在港湾平静的水面上漂行，怎么能确信，这不是一艘金黄的船只，载着众神，穿过平滑的水面，而我与我的兄弟们正身处其中。

但是，在城市的另一头，夏天已经向我们献出了另一些截然不同的宝藏，那就是安静和倦意。这些静彼此不同，取决于它源于荫蔽还是源于阳光。有市政广场正午时分的静，在广场四周的树荫下，有些阿拉伯人售卖五块一杯的橙花香冰柠檬水。他们“新鲜，清爽”的叫卖声穿透无人的广场。叫卖声划过，寂静重又落在艳阳的广场上。小贩搅动着罐子，我听见了冰块彼此敲碰的小小声音。还有一种午睡的静，那是滨海小路上，在脏兮兮的理发店前面，我们会因为听见空心芦苇编织的帘幕后面苍蝇嗡嗡作响的旋律意识到世界有多安静。还有，在卡斯巴哈的摩尔人咖啡馆里，是一种身体的静，人们无法离开咖啡馆，无法离开手边的茶杯，无法找回热血沸腾的岁月。但是，最该提及的，是夏日夜晚的静。

白天在夜幕里摇摇倾覆的瞬间，是不是要充满了神秘的符号与呼唤才能让我心中的阿尔及尔与这些转瞬即逝的时刻如此紧密地相连？有时，当我到达远方，回想起这里的暮色，就像幸福的承诺。在俯瞰城市的丘陵之上，乳香黄连木和橄榄树之间，有些小道，我的心正渴望跟着这些小道归去。我在小道上看着绿色地平线上方的丛丛黑鸟，天空突然失去了全部的光，某种东西放松下来。一小群红色的云朵慢慢拉长，直到稀薄得消散在空气中。几乎同一时间，第一颗星星出现在空中，我们看着它成形，看着它在浓密的夜空中变得轮廓清晰。而后，瞬间，无边的，夜。阿尔及尔的夜晚转瞬即逝，那这夜晚里又有何种无以匹敌的魔力在我的身体里释放了如此之多的东西？阿尔及尔的夜晚在我的唇上留下的柔情，我还没来得及尝够，便又消失在黑夜之中。这是它恒久的秘密吗？这座城市的温柔震动心脾又转瞬即逝。但是，当黑夜仍在的每一秒，至少心完全地沉浸其中。巴多瓦尼海滩的舞厅每天开门，舞厅是个巨大的长方形盒子，长边朝向大海，附近没什么钱的年轻人都会在这里跳舞到深夜，我常在那里等待一个独一无二的时刻。白天，舞厅上挡着斜斜的木质披檐，当太阳落山，披檐拿走，舞厅里顿时充满了奇异的绿光，源自海与天交会的地方。如果坐得离窗户很远，那只能看到天空，跳舞的年轻人的面庞如同皮影戏一般轮番登场。有时候，跳的是华尔兹，那绿色布景上的黑影便拖长了打转，如同唱片机托盘上定格的剪影。黑夜来得很快，随着夜幕降临，灯光亮了起来。但是，我无法说出这一微妙时刻我感受到的令人心驰神往又秘而不宣的东西究竟是什么。至少我记得一个美妙的高个女孩，跳了一整个下午。她的蓝色紧身舞裙上戴了一串茉莉花，从腰到腿，汗湿透了舞裙。她边笑边跳，摇头晃脑，她经过桌边的时候留下了一阵混杂着花朵与皮肤的香味。夜幕降临，我再看不到她贴着舞伴的身体，但天空中，白色茉莉花和黑色头发的印记轮番盘旋，当她再次弯腰倒向后方时，我听到了她的笑声，看到了她突然附身的舞伴。我对于天真无邪的解读，大都源于类似的夜晚，这些热烈的存在，我学会了始终将他们置于欲望盘旋的天空之中。

在阿尔及尔的社区电影院里，有时候会有人卖圆形薄荷糖，糖上面用红色刻字写了所有催化爱情必不可少的东西，有些是问题，诸如“您什么时候结婚？”“您爱我吗？”；有些是回答，诸如“疯狂地”“到春天的时候”。做好铺垫的人找准时机把问题推给同伴，有的同伴一样用薄荷糖回答，也有的只是在装傻。在贝尔考特，有的婚姻就这样开端，有的人生就是完全建立在交换薄荷糖的基础上。这里的人大概就是这般孩子气。

年轻的标志，可能就是将触手可及的幸福视作第一志向，特别是急切地享受生活，几近挥霍。在贝尔考特和在巴布瓦德一样，人们年纪轻轻就已成婚，很早开始工作，十年之内穷尽了一生的精力。三十岁的工人已经把人生的手牌都打得差不多了，已然在妻子和孩子的相伴中等待人生终了。他的幸福骤然而降，毫不留情，他的人生亦是如此。人们明白，如果出生在这个地方，那么一切被给予的都会有被收回的一天。在这种丰沛与慷慨之中，人生划过强烈情感的曲线，突然、苛刻、强烈。这样的人生不是用来搭建的，而是用来燃烧的。因此，在这里要做的事情不是经过思考然后变成更好的自己。比如，“地狱”的概念只是一个可爱的笑谈。这类想象只有最具德行的人才能生发。我非常相信，“德行”这个词在整个阿尔及利亚都没什么意义。不是说这里的人没有原则。每个人都有自己的道德准则，但是非常个人化的道德准则，比如不能“亏欠”自己的母亲；要让路上的人尊重自己的妻子；关照孕妇；不会有两个人同时对付一个人，因为“这很丑恶”。至于那些对这些基本准则视而不见的人，“他就不是个人”，无须多言。在我看来，这挺公正，也很有力。这些街头规矩，还有很多要在潜移默化中体察，而这些规矩是我知道的唯一公理。但与此同时，这里的人们也不太懂得精明算计。我常看到身边有一些人同情被警察押送的人。他们也不知道这个是偷了东西、杀了人，还是违反了什么规矩，他们只是会说：“可怜人。”

或是带着一丝欣赏说：“这人，是位侠盗呢。”

有的民族生来就是为了骄傲与生活。也正是这些人对倦意怀抱着独特使命。对这些人而言，死亡的感觉最令人厌恶。除了感官的快乐，他们也沉醉于荒谬的乐趣。这是一群滚球游戏爱好者，乐于参加联谊，近几年来，三块钱一张票的电影和市镇举办的节庆活动就足以填满三十多岁的人的休闲时间。阿尔及尔的周日是最凄凉的周日之一，这些没有精神生活的人怎么能够学会用神话传说粉饰他们生命深处的恐惧呢？所有触及死亡的事物在这里都可笑又可憎。这些没有宗教也没有崇拜的人簇拥而生却独自死去。我想不出世界上任何地方会比布吕大道上的墓地更可怖，但墓地的对面便是世界上最美的风景之一。四周堆积如山的黑色的、品味糟糕的装饰物营造出一种可怕的悲伤感，因为在这个地方，死亡显露出了真实面孔。“一切都会过去”，心形的还愿牌写道，“除了回忆”。所有刻文都执着于这种微不足道的永恒，这是爱我们的人用心给予我们的、没花多少钱就买到的永恒。同样的句子也让所有绝望的人得到安慰。这些对逝者表达的句子以第二人称的口吻说：“我们的回忆里永远有你。”阴险的诡计，人们说出的这句话好像意味着逝者仍具实体、仍有希冀，但其实至多也只剩下一摊腐水。别处，在多到愚蠢的鲜花和大理石鸟塑之中，还有这样冒失的祝福：“愿你的墓前永远有花。”刻字周围已经有了一圈金色仿大理石花束，让人立刻放下心来，对活人倒是挺省事的（于是乘着有轨电车而来、抱有感激之情的人们为仿大理石花束取了“永生花”的美称）。既然要与时俱进，那么有的人就把传统的黄莺替换为令人目瞪口呆的珍珠飞机，由一位羽翼未丰的天使驾驶，且毫不在意是否符合逻辑，硬是要给正开着飞机的天使再配上一对绝美的翅膀。

如何才能让人明白，这些死的意象和生永远牢不可分？特别是关于生与死的价值观彼此紧密相连。阿尔及利亚殡葬业者最喜欢开的玩笑，就是在开着空车的时候对在路上碰到的漂亮女孩喊：“亲爱的，搭车吗？”虽然这玩笑有点儿不恰当，但我们还是能够从中看到某种象征。同样，当看到讣告，一边眨着左眼，一边回应道：“可怜的家伙，再也唱不了歌了。”可能也会显得有点儿亵渎。再或者，像这个从未爱过自己丈夫的瓦赫兰女人一样说：“上帝把他发给我，又把他收回去。”不过说到底，我不认为死亡有什么神圣之处，我甚至相反地清楚感受到害怕与尊敬之间的距离。在这邀请你尽情生活的国度里，一切都散发着对死亡的恐惧。然而，正是在墓地的同一片围墙下，贝尔考特的年轻人定下约会的日期，女孩子们投入亲吻与拥抱。

我很清楚地知道，这样一个民族很难为所有人接受。这里，智慧无法像在意大利一样占据一席之地。这里的人对思想不感兴趣。他们崇拜身体、欣赏身体。他们从身体中获得力量，有一种天真的犬儒主义和稚气的虚荣，值得严加批判。人们常常斥责他们的“心态”，也就是说他们看待事物和经历事物的方式。的确，生活到了一定的强度，难免有失公允。不过，这个没有历史、没有传统的民族却不能说没有诗学——只是我知道，他们的诗学很独特，是一种坚硬的、肉体的诗学，毫无温情可言。这就是阿尔及尔天空的诗，唯一真实的诗，使我感动，使我向往。有教养的人的反面，是有创造力的人。看着这些原始人在海滩上尽情放松，我有了这样一种诞罔不经的想法，或许他们无意之中正创造着一种文化的雏形，在这种文化里，人类终于找到了自己真实的面孔。这个民族一整个被丢入当下之中，他们以没有神话、没有慰藉的方式活着。他们把所有的财富都放在台面上，然后不加防御地面对死亡。他们挥霍躯体之美的馈赠。独一无二的热望永远陪伴着这没有未来的丰饶。这里的人们所做的一切都标示着对稳定的厌恶和对未来的不在意。人们忙着生活，如果这里会诞生一种艺术，那它也将顺应这种对“持久”的憎恨——正是这种憎恨促使多利安人最初用木头雕刻出他们的柱式。不过，的确，在这个民族暴烈而顽强的面孔之中，在这毫无柔情的夏日天空之中，我们还是能够找到一种限度和一种超越，在这种限度和这种超越面前，所有的真实都可以得到表达，没有任何欺人的神性会留下希望或拯救的印记。在天空与朝向天空的脸庞之间，没有任何地方可供一种神话、一种文学、一种伦理或一种宗教安营扎寨，有的只是石头、肉体、星星与触手可及的真实。

感受到与一片土地的联系，对一些人的爱意，知道在这里心灵永远会找到认同之所，这对一个人的一生来说，已是不少要确认的东西。但或许，即便这样也不足够。在这片灵魂故土，一切都向往着某些时刻。“对，我们就是应该回到那儿几分钟。”在人世间看到了普罗提诺[1]渴望的这种合一，又有什么奇怪的呢？这里的合一表现为太阳与大海的融合。它以某种血肉的滋味触动心魂，苦涩而崇高。我知道，这不是超人的幸福，不是超出日常生活之外的永恒。这些微不足道却实际根本的益处，这些相对的真实是唯一打动我的东西。其他的，那些“理想的”，我没有足够分量的灵魂去懂得。不是说要假装糊涂，只是我无法在天使的幸福中寻得意义。我只知道，这片天空比我更长久。如果不把那些在我死后仍继续存在的东西叫作永恒，我又该把什么称为永恒呢？这里，我想表达的不是在自己的境况中对造物迎合，这是另一回事。做一个人并不总是轻而易举，做一个纯粹的人更不容易。但是，保持纯粹，意味着找回这灵魂之所，那里我们能感知到与世界的亲缘，那里血液的跳动与下午两点太阳强劲的脉搏相融。我们都知道，我们总是在失去故乡的时刻意识到故乡的存在。对于那些对自己万分苦恼的人，故乡是否定他们的地方。我不想唐突，也不想显得夸大其词。但说到底，这座城市里，否定我的，首先

1　普罗提诺（约 204—270），古罗马帝国时期最重要的哲学家之一，被视为新柏拉图主义的奠基者。

是杀死我的。所有激荡出生命的，也在同一时间让生命更显荒诞。在阿尔及利亚的夏天，我明白了，有一件事情比受苦更实在，那就是幸福之人的生活。不过，这也可能是一种更广阔的人生之路，因为这条路走向的是不弄虚作假的人生。

的确，很多人假装热爱生活，来逃避对生命本身的爱。人们试图享乐，试图“体验”，但这不过是一种智性的空想。要拥有罕见的天赋，才能成为一个享乐者。人的生命无需借助理性便能完成，在进退之间、孤寂与陪伴中自能完成。看看这些在贝尔考特工作的人，保护自己妻儿的人，常毫无怨言，我相信人们内心深处可能会感受到一种隐秘的羞愧。诚然，我并不抱有幻想。在我会谈论的生活里很少有爱情，或者应该说是不再有多少爱情留存。至少，这些生活没有在逃避什么。有些词我从未读懂过，比如“罪行”。不过，我认为我知道这些人在面对生活时没有犯过反对生活的罪。因为如果有一种反对生活的罪，那么可能不是对生活感到绝望，而是渴望另一种人生，并躲开这段人生中不可逃避的伟大。这些人没有投机取巧。他们因为二十岁时拥有的对生活的热情成为夏日众神，如今他们仍是如此，哪怕生活没有任何希望。我见过两个逝去的人，他们充满恐惧，但沉默不语。这样更好，从麇集了人性之恶的潘多拉魔盒里，希腊人最后释出了希望，而希望是其中最骇人的恶。我不知道比这更动人的寓言了。因为，与我们以为的恰恰相反，希望等同于顺从，而活着，是绝不顺从。

这至少是阿尔及利亚的夏天给我们上的严厉一课。但是，季节已经接近尾声，夏日摇摇欲坠。在如此这般的酷暑与闷热之后，我们迎来了 9 月的最初几场雨，如同摆脱窒息的大地流下的最初几滴泪水，好似几天之中，这片土地融进了柔情蜜意。但，在同一时间，角豆树让整个阿尔及利亚都充满了爱情的气息。下过雨的晚上，大地的怀抱孕育着苦杏仁香气的种子，它沉沉睡去，将整个夏天交给太阳。这气息又一次为人类与大地的婚礼祝圣，让我们的心中腾起了这世界上唯一一种真正有气魄的爱意，那是一种转瞬即逝但慷慨无度的爱意。

附　注

补充说明，接下来这一段是我在阿尔及尔巴贝勒（Bab-el-Oued）街区听见的争吵，并逐字记录。（叙事不总是像阿尔及利亚小说家谬塞特笔下的人物卡加尤乌一样，人们也不会对此感到惊讶，因为卡加尤乌的语言往往是一种文学化的语言，我的意思是一种对语言的重构。而文化“中间”人并不总是方言，他们只是会使用方言中的个别词，这是有本质区别的。阿尔及尔人使用一套独特的词汇和一种特殊的句法。但是，他们在法语中引入了这些表达，从而让这些文学创作有了自己独特的风味。）

于是，可可向前一步，对他说：“停一会儿吧，停下来。”另一个人说：“怎么了？”可可对他说：“我要揍你了。”“你要揍我吗？”于是对方把手背到身后，满不在乎。可可对他说：“把手拿出来，不然我先让你吃枪子儿，然后再揍你。”

另一个人没有把手伸出来，而可可给了他一拳——不是两拳，只有一拳。另一个人就在地上了，哇哇乱叫。于是人们围了上来。争吵开始了。有一个人走向可可，又有第二个、第三个。我在那儿说：“哎，你要动我兄弟吗？”“谁，你兄弟？”“不是我兄弟，但就跟我兄弟一样。”于是我给了他一耳光。可可打一拳，我打一拳，吕西安打一拳。我在角落里给了他一头锤，“邦邦”

响。于是警察来了。给我们上了链子。我丢脸地穿过了整个巴贝勒。在绅士酒吧前，有我的哥们儿，还有小姑娘。真丢脸。但之后，吕西安的爸爸跟我们说：“你们做得对。”

无史之城旅行指南

阿尔及尔的温柔是意大利式的温柔。奥兰夺目的光彩有某种西班牙式的东西。君士坦丁坐落在鲁梅尔峡谷的岩石之上，让人想到托莱多。但是，西班牙和意大利都充满了回忆、艺术品和具有代表性的遗迹。而托莱多有过自己的格列柯[1]和自己的巴雷斯[2]。我要提及的城邦则相反，这是一些没有过去的城市。因此，这些城市也是没有舍弃、没有共情的城市。在无聊的时刻，比如午睡时分，悲伤在这些城市里无可逃避，却并不凄凉。在清晨的阳光中，在夜晚自然的繁茂中，快乐反而是缺乏柔情的。这些城市不提供任何让人思考的东西，一切都在

---

1 此处应指埃尔·格列柯（1541—1614），西班牙文艺复兴时期画家、雕塑家与建筑家。

2 此处应指莫里斯·巴雷斯（1862—1923），法国小说家、散文家，著有《格列柯，托莱多的秘密》。

于激情。这些城市既不为智慧造就，也不为品位的细微差别造就。若是巴雷斯或是和巴雷斯相似的人到了这些城市，将会觉得压抑忧郁。

（对他者）充满热情的游客、神经太过紧绷的知识分子、审美家和新婚夫妇在阿尔及利亚之旅中将一无所获。除非是有绝对志向，否则没人会向别人推荐到阿尔及利亚永久隐居。有时候，我在巴黎的时候，面对那些我尊敬的、就阿尔及利亚向我提问的人，我很想大喊："别去。"这个玩笑话有它真实的一部分。因为我能看得出他们在期待什么，而他们在阿尔及利亚永远得不到他们期待的东西。与此同时，我知道这个国家的吸引力和隐秘的能力，这个国家为留住在那里驻足的人所使用的阿谀奉承的方式，即让留在那里的人动弹不得的方式。这个国家先让游人抛开所有问题，催眠他们，最终让他们陷在日复一日的生活之中。这种光芒的启示，如此耀眼以至于变得黑白分明，起初令人窒息。人们在那里沉醉，在那里停驻，然后意识到这种过度的辉煌并未给灵魂带来任何滋养，它只是一种无节制的享受。于是，人们想要回归精神。但是，这个国家的人们，显然更注重心灵而非精神，而这正是他们的力量所在。他们可以成为你的朋友（而且是那般热情的朋友），但是他们不会是你的灵魂伴侣。这件事情在巴黎人看来可能会有些令人生畏，毕竟在巴黎，人们如此频繁地袒露灵魂，隐秘的倾诉小声地、不间断地在喷泉、雕像和公园之间流淌。

与阿尔及利亚这片土地最为相似的是西班牙。但是没有传统的西班牙将会是一片美丽的荒漠。除非是因为命运的安排出生在那里，否则只有一种人会梦想着永远躲避在荒漠之中。既然我出生在这片荒漠中，无论如何，我无法像一个游客那样谈论它。人们会把一个备受宠爱的女人所具有的魅力列成一张术语表吗？不，人们只是爱她，爱她整个人，或许能说出那么一两个确切的动情之处，像是可爱的嘟嘴或是摇头的方式。同样，我与阿尔及利亚有一种长久的联系，或许永不会结束，而这种联系让我无法完全看清楚阿尔及利亚。简单来说，如果用心，人们可以做到在某种程度的抽象之中分辨我们所爱之人身上的细节。在这里，当我谈及阿尔及利亚，我需要完成的正是这样的一种练习。

首先，阿尔及利亚的年轻人很美。阿拉伯人自然很美，然后还有其他民族。阿尔及利亚的法国人是混血，他们有着难以猜测的复杂血统。西班牙人和阿尔萨斯人、意大利人、马耳他人、犹太人、希腊人在阿尔及利亚相遇。这些意外的相遇带来了幸福的结果，如同美洲一般。如果您在阿尔及尔漫步，可以看看女人和年轻男人的手腕，然后再想一想您在巴黎地铁里遇到的那些人。

年轻的游人还会注意到阿尔及利亚的女人很美。要想感受这一点，最佳地点是阿尔及尔米什莱大街学院咖啡馆的露台，只要在 4 月某个周日的早上在那里坐一坐。一群群年轻女人，脚穿凉鞋，身着轻便且颜色鲜艳的布料，上来露台，又下到街上。人们可以尽情地欣赏她们，不用害羞，她们来这里就是为了被人欣赏。奥兰加列尼大道的拱顶酒吧同样也是个不错的观察点。在康士坦丁，人们总是可以在音乐亭四周散步。但是，因为大海在几百公里开外，所以这里遇到的人或许缺少点儿什么。总的来说，因为地理位置，康士坦丁没有那么有趣，但是那里无聊的气氛更为细腻。

如果游人在夏天来到阿尔及利亚，要做的第一件事当然是去城市周围的海滩。游人会在海滩看到同样的年轻人，因为穿得更清凉而更为耀眼。阳光给予他们大型动物般昏昏欲睡的眼眸。在这方面，奥兰的海滩是最美的，自然和女子都更具野性。

在如画的景致方面，阿尔及尔是一座典型的阿拉伯城市，奥兰有黑人小镇和西班牙街区，康士坦丁有犹太人街区。阿尔及尔有一圈长长的海滨大道，适合夜晚散步。奥兰的树很少，但是有世界上最美的石头。康士坦丁有一座吊桥，适合拍照。大风天吊桥会在鲁梅尔峡谷上方摇摆，在桥上可能会感觉有些危险。

如果有感性的游人去阿尔及尔，那么我会推荐他去海港的拱门下喝一杯茴香酒；早上在渔场吃一些刚刚捕捞、立刻在木炭窑上烤熟的鱼；去里拉街一间小咖啡馆听听阿拉伯音乐，虽然我已经记不得咖啡馆的名字了；晚上六点，在政府广场奥尔良公爵的塑像下席地而坐（倒不是为了看公爵雕像，而是因为这个时间点会人来人往，坐在这里很舒适）；去帕多瓦尼餐厅吃午饭，这是海边的一间安在桩基上的舞厅，在这里一切总是很便宜；参观阿拉伯公墓，首先享受这里的安静与美，接着对比评价一下存放我们亡灵的丑陋墓园；在城堡区的屠夫街抽一根烟，那里遍布老鼠、肝脏、肠膜和到处滴血的血淋淋的肺（必须得抽根烟，这个仿佛穿越到了中世纪一样的地方气味强烈）。

对于其他人，要学会在奥兰时说阿尔及尔的不是

（强调奥兰港的商业优越性），在阿尔及尔的时候嘲讽奥兰（不带保留地认同奥兰人“不懂生活”），在任何情况下，都要谦卑地承认阿尔及利亚比法国本土更为优越。做出了这些让步之后，我们就有机会感受到阿尔及利亚人相比于法国人的真正优越性，那就是他们没有限度的慷慨和他们与生俱来的好客。

或许在这里，我终于能够停下所有讽刺。毕竟，谈论我们所爱之物的最佳方式就是轻描淡写。关于阿尔及利亚，我总是害怕自己过重地撩拨这根心弦，因为它与我相通，我了解它盲目而沉重的歌声。但是，我至少能够明确地说出阿尔及利亚是我真正的祖国，而无论在世界上任何地方，我都能通过将我紧紧抓住、让我在他们面前驻足的友爱笑容认出阿尔及利亚的孩子，认出我的兄弟姐妹。是的，阿尔及利亚城市里我所热爱的事物与填满了这些城市的人们紧密相连。这就是为什么我偏好在晚间的那个时间点身处阿尔及利亚的城市之中，那时，办公室与住宅楼里的人倾巢而出，走上街头，街道依旧昏暗，叽叽喳喳的人群最终一直流动到海滨大道上，然后开始安静下来，与此同时，夜幕降临，天空的光芒、海湾的灯塔和城市的灯盏渐渐在同一种不明晰的悸动中交融。整片人群都这样在海边静静地沉思，诞生出成百上千种孤寂。阿尔及利亚的夜就这样开始，是盛大的流亡，是绝望的狂欢，等待着孤独的游人……

不，如果您心灰意冷，如果您的灵魂是一头贫乏的野兽，那么绝对不要去阿尔及利亚！但是，对于那些了解是与非、日与夜、反抗与爱之撕裂的人，对于那些热爱海边柴房的人，在阿尔及利亚，有一团火焰正等着他。

（1947 年）

荒漠

——致让·格勒尼耶

当然，“活着”在某种程度上来说是“表达”的反义词。若我相信托斯卡纳大师们的箴言，生命便是在沉默、火焰与静止中完成三重见证。

待久了就会发现，在佛罗伦萨和比萨的街头，我们天天都能碰见托斯卡纳大师们画作中的人物。不过，这同时也意味着我们再难以真切地看见围绕在我们身边的活生生的人。我们对当代人视而不见，只渴望从他们身上看到给我们指明方向、界定我们行为的东西。在这些面孔上，我们渴望看到最寻常的诗学。但是，乔托或皮耶罗都清楚地知道，人的感受其实什么也不算。说实在的，人人都会走心，但对生活的爱正是围绕着简单而隽永的强烈感受打转，恨意、爱意、泪水、快乐都随着人的成长与日俱增，勾勒着人之命运的样貌——譬如乔蒂诺《安葬耶稣》中圣母玛利亚牙关紧闭的痛苦。托斯卡纳教堂的巨幅圣像里，我看到成群结队的天使，他们有着被无数次描摹的脸庞。但在这每一张沉默而又沉醉的脸庞上，我识别出一种孤独。

别致、生动、细腻、感人，情感算得上是一种诗学，而其中至关重要的，是真实。在我看来，所有持续的，便是真实的。我们应该料想到这样一种洞见：关乎真实，唯有画家能够喂饱我们的馋虫，因为他们的天赋使然，是刻写身体的小说家。他们以“当下”这一既卓越又日常的方式工作，而当下永远体现在姿态之中。画家们描绘的不是一个笑容，不是一瞬间的腼腆、遗憾或期待，而是一张有血有肉的脸。在这些凝结的面孔上，在这些永恒的线条之中，他们永远地驱除了思想的诅咒，而这一诅咒以希望为代价。但身体无关希望，只感受血脉的跳动。永恒，独属于身体的永恒，是漠不关心。如同皮耶罗·德拉·弗朗切斯卡的《鞭打基督》，在一个刚刚打扫过的庭院里，正遭受鞭刑的基督与四肢粗壮的打手都表现出一种冷漠超脱的态度。因为这一酷刑没有后续。训诫仅停留在画布的框架里。对不期待明天的人而言，有什么理由感动？人类的这种因为不抱希望而拥有的无动于衷和庄严崇高，这种永恒的当下，正是被深思熟虑的神学家称为“地狱”的东西。没人不知道地狱也意味着受苦的肉体。让托斯卡纳艺术家们驻足的正是这肉体本身，而不是肉体的命运。没有预言的画作，也不应该在博物馆里找寻希望的理由。

灵魂的不灭的确吸引了许多智者的注意。但那是因为他们在阳气耗尽之前都始终拒绝着他们被赋予的唯一真实，也就是身体。因为身体不给他们带来问题，或者说，至少他们已经了解了身体能够给出的唯一结局，即一种终将腐化的真实，而这真实之下，是人们不敢直视的苦涩与崇高。相对于真实，智者更偏好诗，因为诗是灵魂的事。人们大概能够感受到我在玩文字游戏。但是人们同样明白，我只是想要通过真实走向一种更高维的诗：那是从契马布埃到弗朗切斯卡的意大利画家们在托斯卡纳的风景中燃起的黑色火焰，那是一种被抛到大地上的人类的清醒抗议，抗议大地的壮丽与光辉不停地与他讲述着一个并不存在的上帝。

因为太过漠不关心，又太过无动于衷，有时候，面孔也会有风景般冷冽的庄严。就像西班牙一些地方的农民可能会和他们地上种的橄榄树有着相似的轮廓和色彩。

这就是乔托笔下人物所拥有的面孔，脸上没有灵魂自我表达的可笑阴影，终于与托斯卡纳本体交会，交会在托斯卡纳唯一一种不加吝啬、倾囊而授的忠告之中，那就是放下感情，拾起热诚，交织苦行与享乐，与人共鸣，也与大地共鸣。这样，人就和大地一样，在苦难与爱意之间自我定义。没有那么多真实能让人安下心来。我很清楚，如果有让人安心的真实，那么这种真实一眼就能分辨。某个晚上，夜幕开始淹没佛罗伦萨乡村的葡萄藤与橄榄树，一切笼罩在一片无边而沉默的悲伤中。但是，在这片土地上，“悲伤”从来都只是一种对美的评述。在划破夜空疾驰而过的火车里，我感受到自己身上某个疙瘩解开了。如今，我是否能够这样猜想：有着悲伤面庞的东西，却名为幸福？

是的，这便是意大利人教会我们的，也是意大利的风景慷慨展露的。但是，我们很容易错失幸福，因为并非人人都配拥有幸福。同样，意大利也是如此。而幸福的恩惠，虽然是突然降临，但也不总是立即降临。相对于其他任何一个国家，意大利都更懂得如何邀请我们深入一种体验，这种体验在意大利好像一次就能尝尽。这是因为意大利首先富有诗意，因而能更好地隐藏她的真实。意大利首屈一指的魔力就是入乡随俗的忘却：摩纳哥的夹竹桃，满是鲜花与鱼香的热那亚，以及利古里亚海滩上的蓝色夜晚。最后是比萨，和随着比萨而来的、没有了海岸线顽皮魅力的另一种意大利。但是，这种意大利依旧触手可及，所以，为什么不准备一些时间来享受它的感官盛宴呢？对我而言，一旦到了这里，就没有什么必须做的事了（当然，在这里我也失去了旅人赶路的快乐，因为我只能买一张便宜的票，而这票让我不得不在一个“我选择”的城市里待上好一段时间），在比萨的第一晚，我疲惫不堪、饥肠辘辘，但我去爱、去理解的耐心好像没有尽头。我走进比萨，火车站大道上十只发出雷鸣般巨响的高声喇叭迎接了我，喇叭里倾吐而出的是成堆的抒情歌曲，流淌在几乎全员年轻的人群之上。彼时，我已然知晓我在期待什么。在这生命跳动之后，我将迎来这独一无二的时刻，咖啡馆关了门，世界突然重回宁静，我沿着昏暗的短街朝市中心走去。闪着金光的黑色亚诺河，黄绿色的古迹，无人的城市。该如何解释这瞬时又机敏的诡计呢？它让比萨在晚上十点的时候摇身一变，成了一番水与石的静默奇景。“正是这样的一个夜里，杰西卡！”在这独一无二的舞台上，莎翁笔下爱侣的声音诉说着众神显迹……当梦准备好落在我们眼前，要学会为梦做准备。人们来这里找寻内心最深处的旋律，在这个意大利的深夜，我已感受到其最初的几个和弦。明天，就在明天，田野在清晨慢慢苏醒。而今晚，我就是众神里的一员，面对“迈着为爱牵动的脚步”逃走的杰西卡，我的声音与罗兰佐交会[1]。但是，杰西卡只是借口，是爱的冲动超越了一切。是的，我相信，与其说罗兰佐爱她，不如说是罗兰佐感激杰西卡让他能够去爱。但是，为什么要在这晚想象威尼斯商人，却忘记了维罗纳呢？或许是因为，这里的一切都叫人不去珍视不幸的情人。没有什么比为爱而死更加虚无。首先要活着。宁要活着的罗兰佐，也不要土里的罗密欧，哪怕他手持玫瑰。所以，如何不在这生之爱的庆典里起舞呢？下午，在主教座堂广场的短草坪上睡一觉，睡在总是有时间去参观的古迹之间，然后在城里的喷泉喝口水，那里的水有点儿甘甜，又喷涌得叫人捉摸不定。再去看一眼女人笑盈盈的脸庞、修长的鼻、骄傲的嘴。只要明白，这些奥义的传授都是为了走向更深的感悟，正如举着火把的

1　罗兰佐和杰西卡是莎士比亚戏剧《威尼斯商人》中的一对恋人。

朝圣队伍将秘仪的圣物带去埃莱夫西斯[1]。人们欢快地为接受自己的训诫做准备，当醉意达到顶峰，肉体变得有意识，得以与黑色血液象征的神圣奥秘对话。在初识意大利的炽热中汲取自我遗忘，而遗忘教会我们的第一件事情，就是将自己从希望中赦免，将自己从历史中释放。美的景致之中有身体与当下的双重真实，何不牢牢抓住这唯一期待的幸福？哪怕这让我狂喜的幸福正不得不慢慢消亡。

最令人反感的唯物主义不是我们信奉的唯物主义，而是试图让我们将死之念头视作生之现实的唯物主义，它用贫瘠的神话转移我们坚定而清醒的注意力，不再关注自己身上必将永远逝去的部分。我记得，在佛罗伦萨，圣母领报大殿的墓园里，我被某种东西裹挟，我以为那是悲哀，但其实只是怒火。当时下着雨，我阅读着墓穴盖板与还愿牌上的铭文。这位是温柔的父亲与忠诚的丈夫，那位是理想的丈夫与周密的商人。一个年轻女人，拥有所有美好的品德，法语说得“好像是母语一样”。那边，一个年轻女孩，原本是全家人的希望，“快乐得如同

1　埃莱夫西斯，古希腊重要的宗教圣地。

大地上的朝圣者”。不过，这之中没有哪个人触动我。因为，照这些碑文看来，几乎所有人都遵循着旧脚本生活，于是便也在死神面前束手就擒。如今，孩子们霸占了墓园，在守护逝者德行永存的墓碑上玩跳山羊。当夜幕降临，我坐在地上，背靠一根圆柱。一位牧师经过，对我一笑。教堂里，管风琴低低地演奏着，温暖的音色时不时地从孩子的尖叫声中透过。我一个人靠在柱子上，好像一个被扼住喉咙的人，用尽最后一丝气力喊出自己的信仰。我身上的一切都在抗议相似的顺从。碑文说“应该”。但是，不，我的反抗有道理。大地上的朝圣者那不问世事、全神贯注的快乐，我要亦步亦趋。而对于其他的种种，我一概说不，全身心地拒绝。因为墓穴盖板告诉我，其他种种皆毫无用处，人生不过是“日出又日落”。直到今天，我都没有看见“无用”能从我的反抗中夺走什么，反倒感觉“无用”为我的反抗增添了些什么。

不过，这不是我现在想表达的。我想要进一步地勾勒我反抗的心中感受到的真实轮廓，而我的反抗只是真实的延伸。这种真实既是圣玛利亚修道院晚开的小玫瑰，又是佛罗伦萨周日清晨的女人，以及她轻盈连衣裙里自在的身体和潮湿的双唇。这个周日，每一间教堂的角落都陈列着鲜花，这些鲜花蓬勃有光泽，点缀着露水珍珠。于是，我在那里同时找到一种“天真”和一种奖赏。在这些鲜花中，就像在这些女人之间，存在一种慷慨的丰腴，在我看来，渴望鲜花和觊觎女人没有多大的区别，得到满足的都是同样纯粹的心。对一个人来说，很少能感受到心的纯粹。但是，至少，在此刻，这颗心该做的，就是将使其纯粹的东西视作真实，即便这种真实在别人看来可能如同一种亵渎。比如，我这天想到：我在菲耶索莱的一间圣方济各修道院里度过一个早晨，修道院里充满了月桂的香气。我在一个长满了红色花朵、洒满阳光、飞满黄黑相间的蜜蜂的小院子里度过了很长时间。院子的一个角落里，有一只绿色喷水壶。来之前，我参观了僧侣的小间，看到了用头骨装点的小桌子。如今，这个花园表达着他们的灵感。我重新朝佛罗伦萨走去，沿着丘陵下坡，坡上布满柏树，山下是开阔的城市。这世界的壮丽，这些女人，这些鲜花，在我看来都是人们生活在这里的理由。我不确定，不过对所有知道从一个贫穷的极点出发总是能与世间的奢侈与财富相逢的人来说，这或许也是他们存在于世的理由。一边是封闭在柱子和鲜花之间的圣方济各会修士，一边是阿尔及尔巴多瓦尼海滩上整日晒着太阳的年轻人，我在两种生活之间感受到一种共鸣。他们或褪去尘事，或褪去外衣，都是为了一种更广阔的人生（而不是为了另一种人生）。无论如何，这是“缺失”这个词表达价值的唯一场景。“赤裸”始终保留着一种身体自由、手随花动的意味——这是从人性中解放出来的人与大地之间的爱的相融——啊！假如说这还不是我的信仰，那么我也会立刻皈依这个宗教。不，这不会是一种亵渎——就好像如果我说，乔托画作里圣弗朗西斯心底的笑意为有幸福品味的人辩护，这也不会是一种亵渎。因为，神话之于宗教，就像诗歌之于真实，那是掩藏生之热爱的荒诞面具。

我要走得更远吗？在菲耶索莱，同样一群人，一面在红色鲜花中生活，一面在自己的小间里放豢养沉思的头骨。窗外是佛罗伦萨，桌上是死亡。绝望中的某一种延续可以酝酿喜悦。当生命到达某种温度，灵魂便与血液融为一体，自在地生活在矛盾之上，对义务同对信仰一般漠然。所以，即便我在比萨的城墙上看到某只快活的手骄傲地写下这种怪诞的殊荣：“Alberto fa l’amore con la mia sorella”[1]，我也不再感到惊讶。我甚至不再为意

1　意大利语：阿尔贝托和我的妹妹做爱。

大利是不伦恋的王国而惊讶，退一步说，意大利是公开承认不伦恋的王国，这一点也最能说明问题。因为，从花前月下到伤风败俗的道路蜿蜒曲折，但确证无疑。沉醉在美妙之中的智慧烹制了虚无的晚餐。在这些令人窒息的壮阔景象前，每一种思想都是对人的否决。很快，人类被如此之多令人难以忍受的信仰否认、遮蔽、掩盖、夺走光芒，在世界之中什么都不算，成了不成形的斑块，只知道被动的真实，或是其色彩，或是其光芒。如此纯粹的风景让灵魂变得冷酷无情，风景的美变得令人难以承受。石头、天空和流水写就的《福音书》里白纸黑字地写着：没有什么能够复活。从此以后，在心灵这片壮美的荒漠之中，开启了对这些人类的诱惑。如果说，在高尚的景象前、在美的稀薄空气里，崇高的思想始终难以相信伟大能够与善良结合，又有什么值得惊讶的呢？一种智慧，如果没有囊括某个让其完整的上帝，那便会在否认它的东西中寻找上帝。抵达梵蒂冈时波吉亚叫道："既然上帝赋予我们教皇职权，那就应当赶紧享受。"而他也正如他说的一样做了。赶紧，这个词用得好。在如此志得意满的人身上，我们却已感受到了这种如此特别的绝望。

或许我弄错了。因为说到底，我在佛罗伦萨度过的是幸福的时光，在我之前，又有如此多人在佛罗伦萨度过开心的日子。但是，幸福如果不是人之存在与人之生活的简单协同，那又是什么呢？除了对自己永生的欲望和对必死命运的双重意识，又有何种更合理的一体两面能够将人与生命联系起来？对此，人们至少明白，不要依附于任何东西，学会将当下视作唯一的真实，即“额外”赋予我们的唯一真实。我听过有人说：意大利、地中海，这些古老的土地上，一切都属于人的范畴。但是，人的范畴究竟在哪里，会有人给我指路吗？让我张开双眼，去找寻我的范畴与我的完满吧！或者应该说，对，我已经看见了，是菲耶索莱，是杰米拉，是阳光中的港口。人的范畴？不过静默与顽石，其他一切皆为过眼云烟。

但是，也不应该停在这里。因为，没有说出来的是，幸福用尽一切办法与乐观主义绑定。幸福与爱情相连——但幸福和爱情并不是同一件事。我知道某些时间、某些地点，幸福可能显得如此苦涩，人们更愿沉醉于幸福的承诺。但是，也正是在这些时间、这些地点，我没有足够的心去爱，也就是说没有足够的心支撑我不去放弃。这里应该提及，人走入了大地和美的节庆。因为，在这一分钟，就像揭下最后一层面纱的新教徒，人在上帝面前放弃了他微不足道的自我。是的，有一种更高处的幸福，在那里，幸福无关紧要。在佛罗伦萨的时候，我一直攀到菩菩利花园的最高处，攀到一处观景台，从那里可以俯瞰奥利维托山和延伸到地平线的城市高地。在每一座丘陵上，橄榄树都失去光泽，如同一缕缕轻烟，在这些轻烟连成的薄雾中钻出了柏树坚硬的枝条，最近处的是绿色，最远处的是黑色。我们看见天空深处的蓝，天空中大块的云朵点点斑斑。傍晚时分，天空落下一道银色的光，让一切都变得沉默。山顶先是在云中。而后，一阵微风起，我感到它吹拂在我的脸上。丘陵背后的云朵也被微风吹拂，如同帘幕一般徐徐拉开。同时，山顶的柏树好像一下子蹿高了，伸进了突然显露出来的蓝天里。和柏树一起的，是整座丘陵的橄榄与石头，慢慢地显出身影。另一朵云飘来，帘幕又落下。山丘连同自己的柏树和房屋重又隐去。然后，再一次——在别的丘陵上，远方越来越模糊不清——同一阵微风，在这里吹开云朵厚厚的褶皱，在那里又将它们合起。在世界大口的呼吸中，同一口气在几秒钟时间里一呼一吸，在越来越远的地方再次演奏以石头与空气为主旋律的世间赋格。每一次，主旋律都会降一个调，跟随这个旋律走得越久，我就越感到平静。最终抵达了这让心触动的景象，我一抬眼，拥抱了整片山丘的起伏，每一座都在呼吸，这呼吸好像是整个大地的旋律。

我知道，成千上万双眼睛凝视过这片风景，而对我而言，这片风景如同天空的第一抹笑容。往深了说，它让我抽离于自身之外。我相信，没有爱情，没有石头的呐喊，一切都没有用。世界是美丽的，除人间外别无他途。世界耐心地教给我的伟大真实，就是思想什么都不是，心也什么都不是。是被阳光晒热的石头和蓝天下蹿高的柏树在决定宇宙的边界，在这个宇宙中，“道理”意味着没有人类的大自然。这个世界将我除名，他将我带到尽头，他不加愤怒地否认我。落在佛罗伦萨田野上的这个夜晚，我逐步向前，迈向一种智慧，如果泪水没有涌入我的眼眶，如果充斥我身体的诗的高声呜咽没有让我忘记世界的真实，那么在这种智慧里，一切都已被征服。

应该停留在这平衡之上：这是独一无二的时刻，此刻灵修抛下道德，幸福诞于希望的缺席，思想在肉体里找到依托。如果“任何真实都包含苦涩”是真的，那么“任何否定都包含无数认同”也是真的。这首诞于沉思的没有希望的爱之歌同样也意味着行动准则中最有效率的一个。皮耶罗·德拉·弗朗切斯卡笔下走出墓穴的复活基督拥有的不是人类的眼神。他的脸上没有一丝幸福，只有一种殊死而无情的庄严，我不禁将其视作一种活下去的决心。因为智与愚一样表达甚少，这种复活让我欣喜。

但是这些习得，我应该归功于意大利，还是源于自己的心？或许是因为在意大利，这些想法才会出现在我心里。但是，意大利，和其他得天独厚的地方一样，赋予我的美景里同样包含着正在逝去的人们。在这里，真实同样渐渐凋零。还有什么比这更振奋人心？即便我希望真实永存，但当我真的面对一种永不腐坏的真实时，我又能做些什么？这不在我的范畴内。热爱永不腐坏的真实，便是一种假装。人们很少懂得，人从来不是出于绝望才会放弃构成生活的东西。冲动和绝望将人带向另一种生活，也在表达对世间功课的依依不舍。但是，当人清醒到一定程度时，可能会自觉心门关闭，不反抗，没要求，转身背朝在此之前视作生命的内心波澜。如果兰波停在阿比西尼亚，没有写出过一行诗句，那不是因为偏好冒险，也不是因为放弃写作，而是“因为就是如此”。当意识到达某个端点，人们终于开始接受我们生来试图不去理解的东西。人们清晰地感受到，这如同在对荒漠进行地理研究。但是，只有永不望梅止渴仍能耐住荒漠生活的人才能真正感知这片独特的荒漠。那时，也只有那时，幸福的活水才会在这片荒漠满溢。

在我触手可及的地方，在菩菩利花园，垂挂着数不胜数的金黄柿子，绽开的果肉滴下醇厚的蜜汁。从轻快山丘到丰汁鲜果，从让我与世界相连的秘密爱意，到推着我走向橙色果肉的饥饿感，我抓住了将禁欲之人带向欢愉，将贫瘠之人带向满足的平衡。我曾欣赏，我仍在欣赏这种联系，将世界与人相连。在人与世界的相互映射中，我的心得以介入，在一个确切的范畴内决定它的幸福，而在边界之外，世界可以造就幸福，也可以摧毁幸福。佛罗伦萨！这是欧洲为数不多让我明白在我反抗的心里沉睡着一种认同的地方。在它混杂着泪水与阳光的天空里，我学会赞同大地，赞同在大地节庆的昏暗火光中燃烧。我感受到……应该用什么词语来描述呢？有多出格？如何让爱与反抗的一致成为永恒？唯有大地！在大地这片被众神抛弃的广袤庙宇中，我所有的偶像皆为肉身。

讽刺

两年前，我认识了一位年迈的女性。她饱受病痛折磨，认为自己命不久矣。她的右半边身体已经瘫痪，无法感知，只剩另一半身体存在于世。这个小个子女人原本好动又爱说，如今却化为沉默而静止的躯壳。长日漫漫，她独自一人，目不识丁，麻木不仁。她的全部生命都奔向上帝。她信仰上帝，她的那串念珠、铅制耶稣像和仿大理石制怀抱圣婴的圣约瑟夫像就是证明。她怀疑自己的病永远无法痊愈，她念叨着自己再也好不了了，还念叨着自己完全听凭她如此深爱的上帝的支配，企图得到人们的关注。

这一天，有个人注意到了她。那是一个年轻的男人。（他认为他应该这么做，而且他知道这个女人快要死了，因此他不用为处理随之而来的矛盾而担忧。）他真情实感地关切起了年迈女人的烦扰。这一点，她也真切地感受到了。对这位苍老的病人而言，男人的关心是意料之外的好运。她和他生动地讲述自己的痛苦：她危在旦夕，也的确是时候把世界让给年轻人了。她是不是真的感觉无聊？那是肯定的。没人和她讲话。她独自一人待在自己的角落里，像一条狗。这一切最好早点儿结束，因为她宁愿死也不想成为别人的负担。

她的声音变得有些激动，像是在菜场听到的讨价还价的嗓音。不过，年轻人可以理解。但他却认为宁愿成为别人的负担也不要去死。这只能说明一件事：他大概从未是任何人的负担。他看到了老女人的念珠，于是对她说："您还有上帝呢。"的确如此。但即便说到上帝，也并非全都令人顺心。只要她祷告的时间稍长一点儿，或是目光停留在地毯的某个图案上失神，她的女儿就会说："又在祷告了！""碍着你的事了？"病人回答。"是没碍我什么事，但我就是看着烦。"于是，老人沉默了，只是久久地看着她的女儿，眼神里满是责难。

年轻人听着这一切，感受到一种无尽的痛苦，他从未感受过这种痛苦，胸中堵得慌。年迈的女人又说："等她老了她就知道了。到时候她也要祷告！"

对这个年迈的女人来说，好像除了上帝，其他什么都不重要。受病痛困扰，她不得不修身养性。她曾那么笃定，她还拥有的上帝就是唯一值得爱的对象。于是她完全沉溺于信奉上帝这件小事之中。不过此刻，生的希望又重燃，上帝的力量也抵不过人的关心。

人们围坐在桌边。年轻男人受邀共进晚餐。年迈的女人没有进食，因为晚上吃桌上这些菜很难消化。她待在自己的角落里，躲在倾听过她心事的年轻男人的背后。年轻男人感觉大家都在打量自己，所以也没怎么吃好。晚餐匆匆结束。为了有更多的时间相处，大家决定去看电影。那时候正好在上映一部欢快的影片。年轻男人想都没想就接受了看电影的邀约，完全没有顾及始终躲在他背后的女人。

宾客们起身去洗手，准备出门。年迈的女人当然不可能一同前往。即便她行动自如，影片的内容对她而言往往也难以理解。她说她不喜欢看电影。的确不喜欢，因为看不懂。对了，她还待在自己的角落里呢。失神而专注地盯着念珠上的每一颗珠子，将全部的信任都倾注在一颗颗珠子上。对她而言，她保存的三个物件就是神性的物质起点。念珠、耶稣像和圣约瑟夫像为她打开了一片深邃的黑洞，她将全部的希望都投入了黑洞之中。

所有人都准备好了。大家走到年迈女人的身边，拥抱她，和她道晚安。她已经懂了，用力地捏住自己的念珠。我们很难分辨这个动作是出于绝望还是虔诚。大家都抱过她了，只剩下年轻男人。他充满爱意地握了握年迈女人的手，然后立刻转身准备走开。年迈女人眼睁睁地看着这个曾经对她那样好奇的人就要离去。她不想一个人。她已经能预感到令人恐惧的孤独、没有尽头的失眠、令人沮丧的与上帝的独处。她感觉很害怕，她全部的希望都在年轻男人的身上，这唯一一个曾对她表现出兴趣的人。她不愿放开他的手，紧紧握住，笨拙地表达谢意，为了让不松手的坚持显得合理。年轻男人局促不安。其他人跑来催他。电影九点开始，最好能早一点儿到，这样买票时就不用排队。

年轻男人感觉自己面对着有史以来最为可怖的不幸，那是一个残疾老太太的不幸，那是人们为了看电影而丢下她的不幸。他想要走掉，逃开，不想理会，试图把手抽回来。僵持仅一秒，他已然感受到自己对年迈女人凶猛的恨意，甚至想要使劲扇她一个耳光。

他终于得以抽身离开。苍老的病人半个身子都从扶手椅上坐了起来，她惊恐地看着她曾经唯一可以依靠的确信的东西一点点消散。现在，没有什么能保护她了。她满脑子都是死亡的念头，她不知道此刻让她灰心丧气的究竟是什么，只是感觉不想再一个人。这会儿上帝一点儿用都没有，除了让她众叛亲离，孤身一人。她不想离开其他人。于是她痛哭起来。

其他人已经走到大街上了。一种深深的悔意始终萦绕在年轻男人的心间。他抬起头，看到亮着灯光的窗户，那扇窗户仿佛是沉默的房子的一只大大的眼睛。然后，这只眼睛闭上了。年迈的、残疾的女人的女儿对年轻男人说："她一个人的时候总是会关灯。她喜欢待在黑暗里。"

这个扬扬得意的老人，眉飞色舞，挥动着说教的食指。他说："我呀，我爸爸那时候一个礼拜就给我五法郎零花钱，我还能找到法子存下来一点儿。怎么存呢，首先就是去见我未婚妻的时候，我走去乡下，过去要走四公里，回来还要四公里。哎，哎，我跟你们说啊，现在的年轻人，哪里知道什么才叫有意思啊。"他们围着圆桌坐了一圈，三个年轻人，他一位老人家。他细数着自己那些可怜的经历，高谈阔论地讲些蠢话，将无聊的事情当作天大的胜利炫耀。他的讲演没有任何留白，忙不迭地要赶在听众离席之前一气说完。他记得的过往都是他认为能够打动听众的过往。非要人听自己讲话是他唯一的坏毛病：他拒绝看见听众眼中的嘲讽，拒绝听见唐突的嘲笑。他自以为是一位受人敬重的长辈，以为自己的经历多少有些分量。实际上在年轻人眼中，他是那种“我那个年代什么都更好”的老人家。年轻人不知道的是，他的人生其实非常失败，失去了一切才稍微搞明白了一些。他吃过苦，但他一点儿也不说。他宁愿表现出过得很幸福的样子。如果他反过来试图通过卖惨来吸引听众，那将大错特错，效果可能更糟。确实，当你全身心地忙于生活，一个老人的不幸对你来说有什么重要的呢？他说呀，说呀，喑哑黯淡的嗓音沾沾自喜却离题万里。但讲演没能持续，他的享受终有尽头，听众们的注意力逐渐分散。他甚至都不好笑了，他老了。而年轻人更喜欢打台球或是打扑克，喜欢这些和日复一日的愚蠢工作截然不同的事物。

尽管他费尽心思，加油添醋，尽可能让自己的故事显得引人入胜，他还是很快又孤身一人。年轻人没有因为尊重而留在原地。“没人听你说话了”，这是人老了以后最糟糕的事情。人老了以后，总是被判处沉默与孤单，好像这意味着来日无多。而快死了的人就没用了，甚至还给人带来困扰，令人担忧。走掉最好。否则的话，也别太啰唆，闭嘴就是老人对年轻人最起码的尊重。老人感觉很痛苦，因为他只要闭上嘴巴，他就会想到自己老了。但他还是站起身来，一边笑着和身边的人打招呼，一边离开。但他身边的那些面孔，不是漠不关心，就是正乐得摇头晃脑，这种乐，是他没有权利参与其中的乐。一个男人笑着说："这锅是老了，我必须承认。但有时候，往往是老锅才能煮出好汤来。"另一个更为低沉的声音说道："我们家呀，也不算有钱，但是我们吃得好。你看，我的孙子，比他爸吃得还多。他爸爸得吃上一斤面包，而孙子呢，得吃两斤！还要点香肠，还要点奶酪。有时候他明明已经吃好了，吭哧两声，又吃上了。"老人走远了。他走得很慢，像上工的驴。他穿过拥挤的人行道。他感觉很糟，不想回家。通常，他挺喜欢坐在餐桌边，桌上放着煤油灯，放着餐盘，他的手指机械地去拿吃的。他还喜欢安静的晚餐，老伴坐在他面前，一口一口久久地咀嚼着，清空脑袋，放空的眼神随意地停留在某处。这天晚上，他会回去得比平时晚。到时候，桌上摆着的晚餐已经凉了。老伴睡了。她没太忧心，因为她熟悉他这种临时起意的晚归。她说：“又突发奇想呢。”事情就是如此。

他走着，迈着缓慢而执拗的步子。他孤独而年迈。在人生的末尾，老了的感觉反复浮现，让人觉得恶心。一切都走向“不被听见”。他前行，转过街角，被绊到，摔倒。我看见了他。场面很可笑，但怎么办呢？尽管如此，他还是更喜欢待在街上，街上比家里好，因为这个时间点，在家里的话，他内心的澎湃会让他对老婆视而不见，宁愿一个人待在房间。不过有的时候，门会慢慢打开，好一段时间都处于半开的状态。一个男人走进来。他穿着浅色的衣服。他坐在老人的对面，好几分钟都沉默不语。有时候，他会用一只手抚摸他的头发，轻轻地叹息。他长时间地用同样一种眼神看着老人，那眼神因为悲伤而无比沉重。然后，他默默离开。在他身后，门闩吱呀落下，老人待在那里，感受到一种带着酸与痛的恐惧。但是，在街上，他不是一个人，虽然也遇不到多少人。他内心的澎湃哼着小曲，脚步紧快了一些。明天就不一样了。突然，他意识到，明天还会一样，后天也是一样，接下来的每一天都是如此。而这无法挽回的发现将他压垮，就是诸如此类的念头让人想死。不能承受这些念头的人会去自杀。或者，如果还年轻的话，就会围绕着这些念头夸夸其谈。

是老，是疯，还是醉，不得而知。他的人生会有一个体面的结尾，有啜泣，有敬仰。他会因与苦痛斗争而光荣逝去。这对他来说或许是一种安慰，也是一种去处：他永远地老了。人们幻想着有朝一日终将到来的年迈时光，当自己不可避免地老去，会有大把的闲逸时光，能够决定自己的人生，隐居在一栋小别墅里。但是一旦陷入年龄的困局，他们就会清楚这些构想只是枉然。他们需要其他人以自我保护。对老人来说，他需要其他人的聆听，才能相信活着有意义。现在，街上更黑了，人更少了，还能听到一些声音。在夜晚诡谲的平静里，这些声音变得更为庄严。城市被丘陵环绕，丘陵的背后尚有一丝天光。树冠后面，一抹青烟不知从何处起，烟慢慢地往上飘，层层迭起，似一棵冷杉。老人闭上双眼。他的生命带走了城市里的轰鸣声，带走了空中愚蠢而冷漠的笑声，他孤身一人，惊慌失措，赤身裸体，已然命丧黄泉。

有必要描写故事的另一半吗？不说也能料想到，在一间脏乱昏暗的小房间里，老伴在往餐桌上端菜。晚餐好了，她坐下，看看时间，等了一会儿，然后尽情享受晚餐。她想："又突发奇想呢。"事情就是如此。

一家五口生活在一起：祖母，祖母的小儿子、大女儿以及大女儿的两个孩子。儿子鲜少开口，基本上就是个哑巴；女儿残疾，思绪迟钝。两个孩子，一个已经上班，在一家保险公司，另一个小的还在上学。祖母七十高龄，依然掌控着一切。她床头上方挂着一张肖像，那是五年前拍的，笔挺的身体，穿着一件黑色的长裙，脖子上戴着一条坠有圆形饰品的项链，没有一丝皱纹，硕大的眼睛明亮而冰冷，她有着一副女王的姿态，而且这一姿态并未随着年龄缓和。有时候，祖母甚至会在街头试着找回这种女王的姿态。

祖母明亮的眼睛给孙子留下了深深的记忆，这些记忆现在想来仍然令他面红耳赤。家里来人的时候，祖母就会一边严厉地盯着孙子，一边问他："你更喜欢谁，妈妈还是外婆？"而当祖母的女儿本人在场时，作答会变得更为复杂。因为，孩子每一次都会回答"外婆"，但其实心里充斥着对妈妈热烈的爱，而妈妈总是一言不发。

当宾客们惊讶于孩子毫不犹豫地回答“外婆”时，妈妈则会说：“主要是因为孩子是外婆带大的。”

祖母会这样发问，是因为她相信爱是要求才会有的东西。她有着一种贤妻良母的意识与自觉，对她而言，这种意识和自觉里包含着严峻与苛刻。她从未背叛过自己的丈夫，还给他生了九个孩子。丈夫死后，她充满干劲地养护着自己的小家庭。一家人离开了郊区的农场，在一个贫穷破旧的街区里过着不太成功的日子，一过就是好长时间。

当然，祖母这样的女人不会缺少优秀的品质。但是，对她那些正处于非黑即白的年纪的孙子来说，她就是个笑话。他们记得发生在一位叔叔身上的故事，这个故事很能说明问题。有一天，这位叔叔来看望岳母。他来的时候明明看到她正站在窗边发呆，但当她发现叔叔来访时，便立刻攥上一块抹布，抱歉地说自己要继续打扫卫生，家务要来不及做完了。要承认，她就是这种人。一旦和家人发生激烈争论，她就直接晕倒。她还因为肝病导致的呕吐饱受折磨，但在做个病人这件事上，她可一点儿也不审慎。她不但不会躲起来，还要在厨房的垃圾桶前大声地呕吐，然后回到家人身边，面色苍白，眼里噙满因用力呕吐积攒的泪水，如果有人求她上床躺一会儿，她就会提醒那个人，她在厨房还有事要忙，这个家还需要她指挥：“家里的事都是我在做。”还有：“要是没有我，你们得变成什么样啊！”

孩子们习惯了无视她呕吐的声音、她口中所谓的“发病”以及她的抱怨。有一天，她卧床不起，还要叫医生来。家人们为了讨她开心把医生喊来了。第一天，医生说她就是有点儿不舒服，第二天说是肝癌，第三天说是严重的黄疸。但小孙子固执地认为这只是祖母的一出新闹剧，装病装得更真了。他毫不担心。他在这个女人的压力下长大，所以他对事情的第一反应都是抱着悲观的态度。同时，在他的清醒与对爱的拒绝中，还有着一种绝望的勇气。但是，表演生病的人，可能是因为的确感受到了病的存在。祖母的装病以死亡告终。临终前，孩子们围绕在祖母身边，她正从肠胃的过度蠕动中解脱出来。她只是对小孙子说了句：“你看，我放屁放得像个小猪一样。”一个小时后，她死了。

现在，她的孙子感受到祖母确实病了，却难以理解发生的一切。他难以摆脱一个想法，那就是在他面前上演的是这个女人最后一出也是最可怖的一出装病的表演。

他扪心自问是否感到心痛，但没有察觉到一丝一毫。只是，在下葬的那一天，因为周遭眼泪的爆发，他合群地哭了，出于对面对死亡时不真诚和不诚实的恐惧。那是一个晴朗的冬日，阳光斜斜地洒下。人们猜测，在湛蓝的天空里，哪怕寒冷也会是金灿灿的样子。墓地俯瞰城市，人们看见透明的橙红色太阳落在海湾之上，海湾在夕阳下摇曳，如同一片湿润的唇。

这一切都难以和解吗？但这就是美丽的真相：人们为了看电影而丢下的女人，不被倾听的男人，无法让一切重来的死亡；而另一面，是世界上全部的光亮。如果我们全都接受，会怎样？这是三种相似的命运，又截然不同。人固有一死，又各有其死，但太阳终会晒进我们的骨头缝里。

是与非的间隙

如果说，唯一的天堂，就是我们遗失的天堂，那么我就知道该如何命名我身上这种温柔而无情的东西了，如同一个移民回到了自己的祖国。而我，我记得。嘲讽、紧绷、所有人都一言不发，这意味着我回到了自己的国度。我不想反复斟酌幸福是什么。幸福应该更简单，也更容易。因为，在遗忘的深处，这些画面重新出现在我脑海的时空里，那里保存着我从未触碰的记忆，关于一种纯粹的感动的记忆，关于悬停在永恒之中的一个时刻的记忆。这是我身体里唯一真实的东西，而关于这点，我知道得太晚了。我们喜欢心软的瞬间，喜欢赏心悦目的风景里树木恰如其分地存在。为了重新激发这种爱，我们只有一个细节，不过一个细节已经足够。那是一种关闭太久的房间的气味，那是街道上单调的脚步声。那是我。如果说彼时我以给予的方式表达爱意，那说到底是因为我在做自己，因为只有爱能将我们还给我们自己。

缓慢、平和而沉重，那些时刻又回来了，一样强烈，一样令人动容。因为那是晚上，所以时间显得很悲伤，没有光亮的天空中存在一种朦胧的欲望。每一个回想起来的动作都让我重新见到我自己。有一天，有人对我说："活着真难啊。"我还记得他的语气。另一次，有人喃喃地说："最糟糕的错误，就是让人受苦。"当一切尘埃落定，对生活的渴望也泯灭。这是人们所说的幸福吗？在这些回忆里踱步的我们还是穿上了隐秘的外衣，死亡在我们看来如同一块幕布，衬着已然陈旧的声音。我们回头看向自己。我们感受到自己的苦，我们更爱自己的苦。是的，对我们自身不幸的怜悯之情，这或许就是幸福。

正是这个晚上。在阿拉伯区的尽头，一间摩尔人咖啡厅里，我记得的不是一段逝去的幸福，而是一种奇特的感觉。已是深夜，墙壁上，五盆棕榈树之间，橄榄黄的狮子追逐着身着绿衣的酋长。咖啡厅的一角，煤油灯燃着难以察觉的光。真正点亮空间的是涂有绿色和黄色釉彩的壁炉。火焰照亮了房间中央，我能感觉到脸上的火光。我面对着门和门外的海湾。咖啡厅老板蹲在角落，好像看着我的空酒杯，看着杯底那一片薄荷叶。咖啡厅里没有其他人，声音从低处的城市传来，比海湾的灯还要遥远。我听见阿拉伯人用力的呼吸声，他的眼睛在半明半暗中闪光。远方是大海的声音吗？世界在慢节奏地对我叹息，带给我永生者的冷漠与宁静。红色的火光让墙壁上的狮子起起伏伏。空气变得清冷。海上传来一声汽笛声。灯塔开始转动，一道绿光，然后是红光、白光。世界依然在对我叹息。从这种冷漠中诞生出了一种神秘的旋律。而我回到了自己的家乡。我想到一个孩子，他住在一个贫困的街区。那个街区，那间房子！只有两层楼，楼梯还没有照明。现在仍然如此。当他在半夜回到房子时，他知道他能一次都不绊倒地快速爬上二楼。这间房子已经融入了他的血液。他的双腿准确地记得每一级台阶的高度。他的手也确切地记得在遇到蟑螂横行的楼梯时，那从未战胜的恐惧。

夏天的晚上，工人们会待在阳台上。而他家里只有一扇小窗户。所以大家把椅子搬下楼，放在房子的前面，然后坐在椅子上畅饮夜色。他们欣赏街道、隔壁卖冰激凌的小贩、对面的咖啡厅以及从这家门口跑到那家门口的小孩子们发出的喧闹声。更重要的是，在一棵棵巨大的榕树之间，有着一片天空。贫穷意味着孤独，但孤独赋予万物意义。当我们拥有了一定的财富，天空和布满了星星的夜晚都只是自然的一部分。但当我们处在社会的底层，天空则具有全部的意义，是无价的恩惠。夏夜，星星低声细语的神秘夏夜！孩子的背后，是一条难闻的走道和一把小小的椅子，他的椅子已有裂痕，还微微塌陷。但是孩子抬着眼睛，贪婪地吮吸着纯净的夜色。时不时地，电车飞驰而过，留下一阵响动。也总有酒鬼在街角低声唱起来，但这些都不会打破夜的宁静。

孩子的母亲也安静地坐着。有时候，孩子会问她："你在想什么呢？""什么都没想。"她回答。这是真的。一切都在眼前，所以脑海里什么也没有。她的生活，她的关切，她的孩子都在这里，一切都显得那么自然而然，以至于不会特别察觉。她身体不便，也难以思考。她有一位粗鲁又霸道的母亲，后者为敏感的自尊牺牲了一切，长期操控着女儿薄弱的思想。本来女儿因为结婚摆脱了母亲的束缚，但丈夫死后她又顺从地回来了。人们说他是死在法兰德斯战场上的。他死得光荣，可以想见金色相框里的十字架和军功章。医院还给寡妇寄来了一小片从战士身体里挖出来的炮弹。寡妇保存起来。她的愁容已经过去许久。她忘了自己的丈夫，但是还会说起孩子们的父亲。为了养活孩子，她去工作，把赚来的钱交给母亲。母亲用马鞭教育小孩，打得太狠了，她的女儿对她说："别打头。"因为这些是她的孩子，她很爱自己的孩子。但她的爱无关紧要，从未让孩子们感受到。有时候，比如他记得的那些夜晚，她干完令人疲惫不堪的家政工作，回到家里，会发现家里没人。老人去买菜了，孩子们还在学校。于是，她坐在一把椅子上大吃大喝，模糊的眼神失焦在地板上的狂乱灯影上。她的四周，夜色正浓，夜里的缄默是无可救药的悲痛。如果孩子们在此刻进门，他会看到瘦弱的身影和嶙峋的肩头。他停下脚步，因为他感到害怕。他开始感受到很多东西，但几乎感受不到自己的存在。但是，面对这样本能的沉默，他哭不出来。他是可怜自己的母亲，还是爱她？她从未抚摸过他，因为她不会。于是，他在原地待了许久，看她，直到自觉陌生，才意识到自己的痛苦。她没有听见，因为她听不见。过一会儿，等老人回来了，时间就会重新活起来：煤油灯圆形的光、蜡布、尖叫、咒骂。但是现在，沉默划出了时间停止的时刻，好似没有尽头的时刻。因为含混地感知到了这些，孩子好像感觉到了自己身上对母亲的爱的冲动。他确实需要这种爱的冲动，因为说到底，她是他的母亲。

她什么也没想。屋外，光亮，喧嚣。屋里，安静，夜色。孩子会长大，会学习。人们养大孩子，告诉他要知感恩，因为父母领着他避开了所有痛苦。但他的妈妈永远会有这些沉默的时刻，而他则在痛苦中长大。在他受到的教育里，最重要的是成为一个男人，因为祖母总有一天会离开，接着是妈妈，接着是他。

他的妈妈吓了一跳，她吓坏了。他这么看着她，像一个傻子。他应该去写作业。孩子写了作业。今天，他在一间肮脏的咖啡厅里。现在他是一个男人了，这不是最重要的吗？这不是。因为无论是写作业，还是成为一个男人，都只是迈向衰老的其中一步。

阿拉伯人还在角落里蹲着，双手环抱着双脚。露台上飘来一阵烤咖啡豆的香气，裹着年轻人热烈的交谈声。海上拖轮发出沉闷但温柔的音调。和每天一样，世界上所有没有限度的酷刑都在这里完结，什么都不会留下，除了安宁。这个奇怪的母亲的冷漠！只有这无边的孤独让我明白母亲有多冷漠。儿子长大了，有一天晚上，有人叫他去她那儿。一次惊吓让她患上了严重的脑震荡。她习惯在傍晚时分待在阳台上。她搬了一把椅子，把嘴贴在又冷又脏的铁栏杆上。她看着路人来来往往。她的背后，夜色一点点堆积。她的面前，商场突然亮灯。街道因为人群与灯光而愈发膨胀。她在漫无目的的默想里失神。那个晚上，一个男人出现在她身后，把她拖走，施以暴行，在听见声响后逃走。她什么也没看见就晕了过去。儿子到的时候她已经躺下了。他决定听从医生的建议，在她身旁陪她一夜。他躺在床上，躺在她身边，盖着同一床被子。那是夏天，对刚刚发生的事件的恐惧回荡在过热的房间里。脚步声微微作响，开关门吱吱呀呀。在重重的空气里，飘浮着让病人清醒过来的醋的味道。在他身边的母亲睡不安稳，嘴里哼唧着什么，时不时地突然抽搐。他也会从短暂的昏睡里骤然醒来，发现自己的汗湿透了衣服，然后看了一眼时钟，和表盘映射的跳动着的夜灯的火苗，然后重新沉沉地睡去。在很久之后，他才体会到，那一夜，他们有多孤独，他们与整个世界对抗。当他们长夜漫漫，“其他人”却安稳入眠。彼时，在这间老房子里，一切都显得空洞。午夜的电车远远驶离，也带走了所有“其他人”带来的希望，带走了城市里的声响给他们带来的安心。当电车经过，房子还会共振，然后渐渐地，一切平息。只剩下一个寂静的大花园，花园里只有受惊女人痛苦的呻吟在疯长。他从未感到与世界如此疏离。世界在一点点溶解，他好像产生了一种幻觉，幻觉里生活每天都在重新开始，什么都不再存在，学业、志向、餐食的偏好或喜爱的颜色，只剩下病痛与死亡，他感觉自己浸泡在病痛与死亡之中……正在此时，世界坍塌了。

他还活着，甚至终于入睡。但这并不意味着他们两人摆脱了绝望但温柔的孤独。之后，很久之后，他应该还记得这混杂着汗与醋的味道，记得这个他感受到自己与母亲紧紧相依的时刻。就好像她是他心中无边的怜悯，散落四周，变成了实体，专心地、实诚地扮演着一个贫穷的、年迈的，有着令人动容的命运的女人。

此刻，壁炉里的火被灰烬覆盖。世界依然发出一样的叹息。达拉布卡鼓演奏着珍珠般均匀清晰的旋律。一个女人欢快的声音敷贴着旋律，潺潺流淌。海湾上灯光缓缓前行，或许是小渔船归港。从我坐的地方看向天空，那片三角形的天空剥去了白天的云，满是星，在干净的风里微微打战，夜色如毛毡般的翅膀轻柔地拍打着我周遭的空气。这个我不属于自己的夜晚会去向何方？在“单纯”这个词里有一种危险的德行。这个夜晚，我明白了，如果说人们可能会主动走向死亡，那是因为在看到生命的某种透明时，一切都显得不再重要。一个痛苦的男人，忍受着不幸中的不幸，他一边受苦一边在命运中立足。他值得人们的尊敬。然后，一个平平无奇的晚上，他遇见了一个非常珍视的朋友，朋友和他说话时心不在焉。回家后，男人就自杀了。人们可能会猜测自杀的原因，是男人内心的忧郁或秘辛。并非如此。如果非要找到一个原因，那么他自杀是因为他的朋友和他说话时心不在焉。在我看来，这个男人似乎体会到世上最深刻的感受，是他的"单纯"让我震动。那个晚上，震动我的，则是我的母亲和她奇特的冷漠。以前，我独自一人住在郊区别墅里，我养了一条狗、一对黑猫和它们的孩子。母猫无法喂养自己的小猫，于是小猫一只只死去。它们的空间里遍布秽物。每天晚上回家的时候，我都会发现一具新的僵直的嘴唇翘起的身体。有一天晚上，我看到了最后一只死去的小猫，被妈妈吃掉了一半。小猫已经发臭了。死亡的气味混合着排泄物的气味。于是，我坐在这悲惨的画面中，手放进秽物里，呼吸着腐烂的气味，我久久地看着母猫绿色的瞳孔里闪烁着的精神错乱的火光，她在角落里一动不动。是的，就是那个晚上。

当失去一切，再没有什么能带来什么时，没有希望，没有绝望，全部人生缩略为一幅画面。但是，为什么为此着墨？因为单纯，这里的一切都很单纯，无论是灯塔里的光，绿的、红的、白的，是夜的凉爽，还是猛扑向我的城市的肮脏气味。如果这一晚，某个小孩的画面重新出现在我的面前，我怎么能够不去拥抱这个教会了我如此之多的爱与贫穷的故事呢？因为这个时刻就像是与非中的间隙，对生的希望与厌恶都留给了别的时间。是的，在这个间隙，只有遗失的天堂的透明与单纯，只有一个画面。也正因如此，不久之前，在一个老街的一间房子里，一个儿子去看望了他的母亲。他们面对面坐着，沉默不语。但是他们的眼神交会了。

“那个，妈妈。”

“那个，你来了。”

“你烦了吗？我话太多了吗？”

“哦，你从来也没说过多少话。”

一抹明媚的笑意在她的脸庞消散。他真的从未和她说过多少话。不过话说回来，有什么必要说那么多呢？即便沉默不语，一切也都能明朗起来。他是她的儿子，她是他的妈妈。她可能会对他说：“你明白的。”

她坐在长沙发边，双脚交叠，双手叠放在膝盖上。他坐在椅子上，几乎不看她，只是不停地抽烟。一阵沉默。

“你应该少抽点儿。”

“你说得对。”

街道上的气味从窗子钻进来。隔壁咖啡厅的手风琴声，晚上急匆匆的车辆声，夹在面包里吃的烤肉串的香气，街上一个小孩的哭声。妈妈起身去拿毛线，她的手指因为关节病都变了形，显得笨手笨脚。她织得很慢，同一针重复打了三次，有时候还要拆掉一整排重打，拆线的时候毛线针碰在一起，发出咔嗒声。

“我在打一个小坎肩。我准备配个白色领子穿。然后外面套黑色风衣，这么穿应该很应季。”

她又起身去开灯。

“现在天黑得真早。”

的确。夏天过去了，秋天还没来。暖和的天空里，还能听见雨燕的叫声。

“你什么时候再来？”

“我还没走呢。你为什么这么问？”

“不为什么，就是想说些什么。”

一辆电车驶过。接着是一辆汽车。

“我真的和爸爸很像吗？”

“对，你就和你爸一个样。当然，你不会知道。他死的时候你才六个月。但是如果你留个小胡子，就是你爸的样子！”

他聊起爸爸来没什么底气。没有任何记忆，没有任何感情。或许爸爸就和别的男人一样。爸爸满怀热情地出发，在马恩的时候脑袋开了花，失明的他在生死边缘徘徊了一个礼拜，最终名字被刻在城市公墓的墓碑上。

“说到底，这样可能最好吧。不然他回来的时候可能又瞎又疯。唉，也是可怜……”

“确实。”

所以，如果不是对“这样可能最好”的确信，如果不是觉得世界上所有最荒诞的单纯都被庇护在这个空间之中，又有什么会让他一直留在这间房间里？

“你之后还回来吗？”她说，“我知道你工作忙。不过，时不时地……”

此刻，我身在何处？如何区分这间空荡的咖啡厅和那个过去的房间？我无法分辨，我在经历，还是我在回忆。灯塔的光在。阿拉伯人站在我面前，跟我说他们要打烊了。该走了。我不想再走下这个危险的斜坡。的确，我又看了最后一眼，海湾和海湾上的灯光。那时，在我胸腔中升起的，不是对好日子的期待，而是对一切以及对我自己泰然而原初的漠然。但是，应该中断这条太过软弱也太过简单的道路。我需要清醒。是的，一切都很单纯，是人让事情变得复杂。希望人们不再对我说不着边际的话，希望人们不再对我妄加审判，希望人们说“他应该努力偿还”而不是“他应该掉脑袋”。这看起来没什么。但其实能带来一点点变化。况且，有的人更愿意直面自己的命运。

魂之死

晚上六点，我到了布拉格。一下车，我就把行李存到寄存处。我还有两个小时的时间找酒店。我感觉自己的身体里充满了一种奇异自由的感觉，因为我的双手不再负担行李的重量。我从火车站出来，沿着公园走，突然发现自己站在瓦茨拉夫大街中央，这个点的大街人声鼎沸。我的周围有成千上万的人，他们的人生中没有一天有任何事情与我相关。他们过着他们的生活。而我离自己的故土十万八千里。我听不懂他们的语言。所有人都行色匆匆。他们从我身边掠过，对我毫不在意。我一时不知所措。

我没什么钱。六天要怎么过呢？虽然，六天以后就有人与我会合，但现在，关于钱的焦虑还是涌上心头。于是，我开始寻找一间便宜的旅店。我在新城里，在我眼中，一切都因为灯光、笑声和女人而闪闪发光。我加紧脚步，匆忙的奔走中有一种类似于逃亡的东西。八点左右，疲惫不堪的我到达老城。在那里，一扇看起来朴实无华的小门吸引了我。我走进这家旅店，填写了入住登记表，拿了钥匙。我的房间在四楼，三十四号。我打开门，走进了一个十分奢华的房间。我找到价目表：这个酒店的价格是我以为的两倍。钱的问题变得棘手起来。接下来，我只能在这个大城市里拮据地过日子了。刚刚还若有似无的焦虑一下子明晰起来。我感觉不太自在，身体好像被挖空了一般。不过，有那么一瞬间我又清醒了：人们总是或对或错地认为我对钱的问题不感兴趣。此刻想起这个愚蠢的担忧有何意义？不过，脑子也因此转动起来。得吃饭，于是，我又出门开始走起来，想找一家便宜的餐厅，每顿饭花的钱不能超过十克朗。我见到的所有餐厅里最便宜的一间也最不好客。我一遍遍经过这间餐厅，里面的人都要看穿我的伎俩了，不得不进去了。这是一间挺昏暗的小酒馆，墙上绘制着浮夸的壁画。酒馆里鱼龙混杂。几个女孩子在角落抽着烟，严肃地说着话。一些男人在吃饭，大部分看不出年纪，也看不出肤色。服务生是个身着油腻无尾长礼服的大高个，顶着个大脑袋，面无表情地向我走来。赶快点菜，我随便在看不懂的菜单上指了指，点了一道我根本不知道是什么的菜。但是，这道菜好像值得介绍。于是，服务生用捷克语问了我一些问题。我用我仅会的几句德语回答。他听不懂德语，我急了。他叫来那几个女孩子中的一个，她以左手叉腰、右手叼烟的经典姿势，带着水灵灵的笑容走了过来。她坐在我的桌边，用和我差不多烂的德语问我。我听懂了。服务生想要给我推荐当日例菜。我接受了他的推荐，装得挺像回事。女孩跟我说话，但是我听不明白了。当然，我以一副最确信的样子回答“对”，但是我的灵魂已经飘走了。一切都让我恼怒，我头晕目眩，肚子都不饿了。我还一直感觉到那根针在我的身体里，感觉我的肚子挛缩。我给女孩点了杯啤酒，因为我懂规矩。当日例菜来了，我开吃了。那是粗面粉和猪肉的一种混合物，因为加了令人难以置信的分量的孜然而变得十分倒胃口。但是我在想别的，应该说是什么也没想，只是盯着我对面的女孩那张油腻而满是笑意的嘴。她觉得我对她发出邀请了吗？不过她已经坐在我身边，黏着我了。我机械地拉住她。（她挺丑的，我想，如果这个女孩美一点儿，接下来的一切可能都不会发生。）在这些准备好哄堂大笑的人中，我害怕自己落入不堪的境地。我更害怕一个人待在自己的酒店房间里，没有钱，没有活力，只剩我自己和悲惨的念头。时至今日，我仍尴尬地寻思着，彼时的我，那般惊慌又懦弱的存在，是如何摆脱自己的。我离开了。我在老城里走着，但没办法再一个人待更长时间了，我一直跑到酒店，躺下，等着睡意来袭，而我也几乎立刻睡着了。

如果一个国家不试图教会我任何事情，那么我在这个国家就不会感觉无聊，正是因为出于这样的想法，我才会试着重新整理自己。从早到晚，我都忍受着因为放了太多孜然而显得十分可怕的食物，这些食物让我的胃里翻江倒海。因为这些食物，一整天我都因想吐的感觉而备受困扰。但是，我不会屈服，因为我知道自己需要吃东西才能获取养分。更何况，去一家新的餐厅需要付出怎样的代价？在这家餐厅里，至少人家“认识我”。那里的人会跟我聊天，即便没有说话也会对我微笑。而且，焦虑占据了我大部分的情绪。我太在乎我脑海里的这根刺了。我决定好好规划自己的生活，给一天的时间安排定下几个节点。我在床上尽可能待到更晚，这样我要度过的一天的时间就会缩短。洗漱完毕后，我有条理地探索城市。我迷失在奢华的巴洛克教堂里，试着在那里找到回家的感觉，但每每以更快的速度离开，因为面对自己这件事让我倍感失望。我沿着伏尔塔瓦河岸漫无目的地游荡，河流被喧嚣的水坝切分。我在一望无际的城堡区花了不知道多少时间，城堡区寂寥无声。在大教堂和宫殿的阴影下，在日落时分，我孤单的脚步是街道上唯一回荡的声响。而我渐渐察觉到，恐慌占据了我的大脑。晚饭吃得很早，我八点半就睡了。直到第二天太阳把我叫醒。教堂、宫殿、博物馆，我试着通过艺术作品缓和自己的焦虑。再经典不过了：我想要在忧愁中消解我的反叛。但一切都是枉然。一旦我走出这些艺术的殿堂，我又成了异乡人。不过，有一次，在城市尽头的一个巴洛克回廊中，时光温柔，钟声慢奏，成群的鸽子挣脱古老高塔的羁绊，还有一种如同青草与虚无的芳香，这些都让我油然而生一种满含泪水的平静，让我几近释然。晚上回到房间，我一口气写下了接下来的文字，然后一字不落地誊写，因为我在夸张中找到了我彼时感知的繁复："还想从这次旅行中收获什么别的东西呢？我在这连标语都看不懂的城市，古怪的字母里我抓不住任何熟悉的东西，没有可以交谈的朋友，没有消遣。陌生城市的喧哗钻入这个房间，我很清楚，没有什么能将我带走，将我带向灯光更温柔的某个客厅或某个地方。我会喊、会叫吗？即便我大喊大叫，出现的也都是陌生的脸。教堂、金子和乳香，一切都将我丢进另一种日常生活之中，而在这种日常里，我的焦虑让万物有价。在习惯的帘幕里，姿态与话语令人安慰地交织在一起，心得到缓和，慢慢地修复，最终揭开焦虑的苍白面孔。面对自我的人，我猜他未必幸福……然而，旅行正是通过让人面对自我的方式将人点亮。在他与周遭事物之间形成了一种明显的区隔。当人心不那么坚固，世界之音便能更轻易地走入心墙。在这赤贫之中，最不起眼的离群索居的树都成为最温柔与最脆弱的画面。艺术作品和女人的微笑，世世代代居住在此的人和凝练了几个世纪时光的遗迹，这是旅行谱写的动人又感性的风景。而后，当一天接近尾声，在这间酒店房间里，某种东西重新在我身体里凿出一个窟窿，那是一种灵魂的饿意。”但是我不得不承认，所有这些，都是为了让我入眠的幻想。现在我可以这么说了，布拉格留给我的，是醋渍小黄瓜的气味。几乎每条街的街角都在卖醋渍小黄瓜，供人们匆忙进食，而那种酸酸的刺鼻气味唤醒了我的焦虑，每当我越过酒店大门的门槛，这种气味就会加剧我的焦虑。这就是我对布拉格的记忆，或许还加上手风琴的声音。在我房间窗户的下方，有一个独臂盲人，坐在他的乐器上，用身体压住乐器，用仅剩的那只手拉琴。他总是在演奏同一首稚气又温柔的乐曲。每天早上，他的琴声都会把我叫醒，瞬间将我置于需要我搏斗的不加修饰的现实之中。

我还记得在伏尔塔瓦河岸，我被这种气味和这种旋律攥住，突然停下脚步，将一切都投射进我的内心深处，我喃喃自语："这意味着什么？这意味着什么？"但，或许，我还没有到达极限。第四天早上十点左右，我正准备出门，我想去参观一个犹太人公墓，前一天我去找了，但是没有找到。突然有人敲隔壁房间的门。等了一会儿，没人回应，那个人又敲了起来。这一次，他敲了很久很久，但依然没人回应。我听到那人迈着沉重的脚步下了楼。彼时我处于放空状态，没太注意外面的事情，而是把时间消磨在阅读剃须泡沫的使用说明上，虽然这管泡沫我已经用了一个月了。天阴沉沉的，天空乌云密布，赤褐色的光落在布拉格老城的尖顶与穹顶上。卖报人如同每个早晨一样叫卖着《国家政治报》，我艰难地摆脱包裹着我的麻木感。但是，在我出门的时候，我和酒店服务生擦肩而过，他拿着一串钥匙。我停住脚步。他再次敲起了隔壁房间的门，敲了很久。他试图开门，但没有成功。房间应该是从里面上锁了。他又敲起来。房里听上去空荡荡的，如此凄凉，如此压抑，我什么都不想问，走开了。但是，当我走在布拉格的街头，我感觉到一种痛苦的预感追赶着我。我怎么能够忘掉酒店服务生憨傻的样子？怎么忘掉他诡异折弯的亮面皮鞋？忘掉他外套上掉了一颗扣子？我终于吃上了午饭，但是越吃越觉得反胃。两点左右，我回到酒店。

酒店大堂里，工作人员都在小声嘀咕。我三步并作两步上楼，尽可能快地去确认我推测的事情。的确如此。房间的门虚掩着，透过门缝只能看到一堵刷成蓝色的高墙。但是，昏暗的灯光将躺在床上的死者的身影投射在这片蓝色的幕布上，一位警官在床前值守。两个身影相互垂直。这昏暗的灯光使我深为震惊。这道灯光如此真实，是真实生活里的灯光，生活中某个下午的灯光，让人们察觉到自己活着的灯光。而他死了，独自一人，死在自己的房间里。我知道他不是自杀的。我赶紧回到了自己的房间，把自己扔到床上。从墙上的投影来看，这个男人和其他很多人都一样，矮个子，有些胖。他可能已经死了很久了，而酒店里其他人继续生活着，直到服务生决定去叫他。他来到这家酒店的时候应该完全不会料想到最后自己会独自死在这里。而我，在他死去的时候，正在阅读剃须泡沫的使用说明。整个下午，我都处在一种难以描述的状态之中。我瘫倒在床，大脑一片空白，心怪异地揪着。我剪指甲，数地板上的裂缝。我寻思着："能数到一千条吗……"但在数到五六十条的时候，我崩溃了。我无力继续，几乎听不见外面的声音。除了走廊里一个女人压低了嗓音用德语说："他是个多好的人哪。"而我绝望地想到了自己的家乡，地中海畔，我如此深爱的那些夏夜，在绿色的灯光里愈发温柔，满是年轻漂亮的女孩。这些日子以来，我没有说过一句话，但我的心里爆发着尖叫和压抑的反叛。如果有人向我张开怀抱，我可能会像个孩子一样大哭。傍晚时分，我因为疲惫而几近破碎，发狂般地盯着房间门的插销，绞尽脑汁地反复思索着一首耳熟能详的手风琴曲。此刻，我不能继续。不能再去更多的国家、更多的城市、更多的房间，听见更多的名字，无论是疯狂还是征服，无论是羞辱还是启发，我会懂得更多还是会日趋衰竭？有人敲门，我的朋友们走了进来。我得救了，虽然也感到一丝失望。当我说："见到你们我很高兴。"我的确发自内心，但我同时相信，我的自我袒露到此为止，接下来，我将成为他们眼中我原本的样子。

不久之后，我便离开了布拉格。诚然，我对接下来的行程饶有兴致。我还记得在德国巴岑哥特式的小墓地里度过的时光，那里天竺葵耀眼的红色和湛蓝的早晨。我也能聊聊西里西亚没有尽头的平原，我一大早徒步穿越这个冷酷无情、令人不快的地方。鸟儿挥动着沉重的翅膀，划过浓雾沉浊的早晨，掠过黏糊糊的大地。我也挺喜欢温柔庄重的摩拉维亚，喜欢它纯净的远景，喜欢它种着结满涩果的李子树的小径。但是，内心深处，因为过久地看着没有尽头的罅隙，我始终保存着那种眩晕。我抵达维也纳，一周后离开，彼时，我仍被自己囚禁。

然而，当我坐上从维也纳到威尼斯的火车时，我开始期待些什么。我像一个正在康复中的病人，被喂了肉汤，恢复了点儿元气，开始想着将来能吃到的第一口面包脆皮了。一道光氤氲而生。现在，我明白了：我做好了幸福的准备。我要说说我在维琴察附近的一座小山上度过的六天。我此刻仿佛还置身于那里，或者更准确地说，我时不时就会回到那里，一切常常将我带回那种迷迭香的气味之中。

我进入意大利境内。那是为我灵魂而生的土地，我一一识别出意大利近在咫尺的记号。先是那些页岩状层层叠叠的屋顶，然后是紧贴着墙壁的葡萄藤，给葡萄藤杀菌的硫酸铜溶液把墙壁染成了蓝色。还有挂在院子里晾晒的衣物，乱糟糟的杂物，不羁的男人。我看到了第一棵柏树，那么纤细却那么笔直。我看到了第一棵橄榄树，以及积满灰尘的无花果树。正午时分，挤满了意大利小镇人民的广场上，鸽子寻找着庇荫，迟缓懒散，灵魂在这里消磨了反叛。猛烈的情感缓慢前行，逐级攀向泪水。然后，维琴察到了。这里，日子围绕着自己转，从充斥着母鸡尖叫的清晨醒来，直到独一无二的温柔甜腻到令人肉麻的夜晚，柏树后如丝缎一样的夜色被蝉鸣拉长。这种内心的平静陪伴着我，它诞于从一天走向另一天的慢悠悠的步伐。有了这间面朝原野、配有古董家具和钩针花边的房间，夫复何求。我的面前，是整片天空，是日升日落，我好像能不停地追随着时间的流转，坐在原地，与日子一同回旋。我贪婪地吮吸着我唯一能够得到的幸福，这是一种关切的、友善的知觉。我整日散步，从丘陵出发，我朝着维琴察的方向下山，或者朝前走向原野。遇到的每一个人，路上的每一种气味，一切都是我无限爱意的理由。看管夏令营活动的年轻女孩，冰激凌小贩的小喇叭（他们的冰激凌车，像是一艘安装在轮子上、配有架子的贡多拉）。陈列整齐的水果里，有黑籽红瓤的西瓜、半透明的甜葡萄，一切的一切都让人不知孤独是何物。酸涩柔和的蝉鸣，9 月夜晚人们偶遇的水与星的香气，乳香黄连木和芦苇之间芬芳的小径，注定孤单的人也能拥抱如此之多爱的印记。日子就这样一天天地过去。在充满阳光、头晕目眩的时间过后，夜幕降临在日落余晖与柏树黑影为其搭建的灿烂布景之中。于是，我走在路上，朝着延绵到不知何处的蝉鸣声走去。

我一边前行，蝉鸣声一边放缓，它们一只接着一只安静下来。我步履缓慢，为如此炽热的美喘不过气来。而我身后，蝉一只接着一只重新开始放声大唱，好像这片降下冷漠与美妙的夜空里的一个谜。接着，在最后一缕日光中，我在一栋别墅的三角门楣上读到“壮丽自然中，精神浮现”，是时候停下脚步了。第一颗星已经悄然升起，然后是对面小山上的三盏灯，夜突然深了，没有任何预兆。身后的灌木丛里传出低语与轻风，白昼逃遁，将我丢在它的柔情中。

当然，我没有改变，我只是不再孤单。在布拉格的时候，我在墙壁之间喘不过气。在这里，我站在世界面前，世界在我周围上演，我的宇宙里充斥着我的同类。因为我还没有谈论过太阳。我还花了好长时间来理解自己对童年时的贫穷世界的眷恋与爱意，直到此刻，我才瞥见我出生时的阳光与故乡对我的训诫。快到中午的时候，我出门了，走向我知道的那个地点，俯瞰着维琴察一望无际的旷野。太阳快要攀升到顶点，天空的蓝浓烈又轻盈。天空洒下的光沿着丘陵的山坡滚动，为柏树和橄榄、白房与红顶披上最热烈的衣裙，然后消失在升起袅袅白烟的平原上。每一次，都是一样的空。我身上仍有那五短三粗的男人的影子，而在这些因为阳光而沸腾的原野上，在灰尘中，在光秃秃的，因为绿草燃尽而结痂的丘陵中，我手指能触及的，是我在自己身上品尝到的赤裸而乏味的虚无。这个地方将我带回到自己的心里，将我置于自己秘密的焦虑的对面。但这焦虑是因为布拉格，不是因为这个地方。如何解释呢？诚然，面对这片充满了绿树、阳光和欢笑的意大利原野，我比以往更明确地嗅到了跟随我一月有余的死亡和非人的气息。是的，这种欲哭无泪的充实和这种毫无快乐可言的平静充斥着我，所有这一切只是因为我非常清晰地意识到有些东西不会回到我身边，意识到一种放弃，意识到一种漠不关心，就像一个知道自己快要死掉的人，不会再对妻子的命运感兴趣，除非是在小说里。他只会意识到人类与生俱来的自私，或者说绝望。对我而言，这个地方没有任何一种不死的承诺。如果我没有眼睛来看见维琴察，没有手来触碰维琴察的葡萄，没有皮肤来感受从贝里克山岛到瓦尔马拉纳别墅的路上夜色的轻抚，我的灵魂又如何能复活呢?

是的，一切都是真实的。但是，与此同时，有某种难以名状的东西随着阳光进入我的身体。当绝对的觉悟走到极点，一切汇聚，我的生命仿佛一块要丢弃再拾回的整体。我需要一种伟大。在我深深的绝望、秘密的冷漠与世界上最美的景致的对抗中，我找到了这种伟大。我从中攫取了既勇敢又清醒的力量。对我这个如此艰难又如此矛盾的家伙来说，已然足够。但是，或许，我已经从我那时如此确切地感受到的东西里强取了什么。此后，我常回到布拉格，重温我在布拉格度过的死一般的日子。我找回了自己的国度。只不过，有时候，醋渍小黄瓜的酸涩气息会唤醒我的不安。这种时候，我就会想到维琴察。但是，两个城市对我来说都弥足珍贵，我很难区分我对光明与生命的爱，以及我对自己渴望描绘的绝望经历的隐秘眷恋。人们已经理解了，而我，我不想做出选择。在阿尔及尔的郊外，有一小片黑铁门关着的墓地。如果穿过墓地走到尽头，人们会发现山谷与海湾。面对着与海洋一同喃喃低语的坟冢，我们可能会久久沉思。但是当我们返程，重新迈步出发，我们会看见废弃的墓前牌子上写着“永恒悼念”。幸好，有理想主义者会调停一切。

生之爱

帕尔马的夜，生活慢悠悠地朝着市场后方奏乐的街头咖啡馆回流：漆黑静默的街延伸至百叶窗，缝隙里透出光与声。我在这样的一间咖啡馆里度过了一夜。那是一个地下的小厅，四四方方的，墙壁漆成绿色，装点着玫瑰花环。木头天花板布满了红色小灯泡。在这个狭小的空间里，奇迹般地挤进一支管乐队、一个满是五彩斑斓的酒瓶的吧台和摩肩接踵的人群。满眼都是男人。咖啡馆中央，是一个两平方米的空地。觥筹交错间，服务生将酒杯和酒瓶送到大厅的每个角落。这里，没有一个活物是清醒的，所有人都扯着嗓子。一个海军军官模样的人借着酒意对我大声威吓，与我同桌的一个看不出年纪的侏儒对我讲述他的人生。但是，我太紧张了，根本听不进去他说的话。乐队不停地演奏乐曲，但我们只能听见乐曲的节奏，因为所有的脚都在跟着打节拍。门开开关关。喧哗声中，又来了一位新客人，挤到两把椅子中间。

突然，随着一声铙钹，一个女人猛地跳进拥挤的人群，跳到小酒馆的中央。“她二十一岁。”那个状似海军的人说。我十分错愕。她有着一张年轻女孩的面孔，身体却如同一座肉山。这个女孩得有一米八，三百斤。她双手叉腰，穿着一件黄色针织上衣，衣服上的网格勒出一块块白肉方块。她笑着，嘴角咧向双耳，挤出一连串的肉痕。咖啡馆里，人群激动不已。我们能感觉到，大家认识这个女孩，爱她，期待她。她一直在笑。眼神扫过人群，不说话，带着笑意，肚皮向前扭动起来。大厅里充斥着尖叫声，然后人们大声呼唤起一首好像挺有名的歌。那是一首发齉的安达卢西亚歌曲，每三小节有一次低沉的鼓点。她唱着歌，伴随着节奏用全身模拟爱意。在这单调却充满情感的动作里，她的腰间生出真实的肉波浪，荡漾到肩膀为止。大厅好像快要不堪负荷。但是，在副歌的部分，女孩旋转起来，双手托胸，湿润的红唇微张，又唱起了旋律，听众们为她伴唱，喧闹中一个个站起身来。

她，稳占酒馆中央，额头沾着汗珠，头发散乱，挺直腰身，肉把黄色上衣撑得圆润。她如同水中升起的淫逸女神，野性的前额低垂，眼神空洞，只以膝盖的微小颤动表达生气，如同赛跑后的马匹。人们围绕在她身边，快乐地手舞足蹈。她如同生活荒淫而兴奋的画像，眼神却空洞无望，腰间却汗珠淋漓……

若是没有咖啡酒馆和报纸，旅行可能是件难事。一张用我们自己的母语印出来的纸，一个夜晚我们与形形色色的人擦肩而过的地点，让我们得以用熟悉的姿态模仿我们在熟悉的地方时表现出来的样子，虽然在如此遥远的地方，那个样子对我们来说如此陌生。因为，旅行的代价，就是恐惧。旅行打破了我们身上某种内建的环境。不能再作弊了，不能再躲在上班和上工的面具之后（我们如此猛烈反对的上班时间却最能让我们逃开孤独的痛苦）。正是如此，我总是想要写这样一些小说，小说里主人公会说："如果不上班，我会变成什么样？"或是"我的妻子死了，不过幸好明天我有一大堆相关文件要填写。"旅行夺走了我们的庇护。我们远离熟悉的人、熟悉的语言，失去了所有的锚点和面具，甚至不清楚电车的价格和其他所有，我们完完全全处在自身的表面。但是同样，我们也能感知到生病的灵魂，触碰到每一个存在、每一件物品，这是旅行奇迹般的价值。一个不假思索、无尽起舞的女人，桌子上的一瓶酒，从帘幕后看去，所有画面都成了一种象征。旅行中，生活好像得到了完全的反映，我们此刻的人生好像得到了完全的总结。我们能感知到所有的馈赠，怎么描述我们品尝到的矛盾的醉意，直到清醒。或许除了地中海国家，没有其他地方能让我离自己如此之近又如此之远。

也许我对帕尔马咖啡酒馆的感情正来源于此。但是，相反，正午时分，在空无一人的教堂附近，在有着凉爽院子的古旧皇宫之间，在充斥着荫蔽气味的街道上，是某种“慢”的想法打动了我。街上一个人都没有。在西班牙式建筑屋顶的观景台上，年迈的女性一动不动。沿着房屋走，时不时地在满是绿植和灰色圆柱的院子里驻足，我融化在这种安静的气息之中，不再有条条框框，只有脚步声，只有飞鸟，我看见它的身影掠过洒满阳光的墙头。我也会在圣弗朗西斯科的哥特式回廊里待上好几个小时。那些纤细风雅的列柱发出漂亮的金黄色光芒，那是西班牙的古迹会有的样子。院子里，是欧洲夹竹桃、淡紫花牡荆，锻铁水井上挂着一根长长的生了锈的水匙。路人在井边喝水。有时候，我还记得水匙重新落下时击在井壁石头上发出的清冽声音。不过，这回廊教给我的却不是生的温柔。在鸽子起飞时脆生生的翅膀拍打声里，安静骤然在花园中央缩成一团，在水井铁链孤独的吱嘎声中，我找回了一种新鲜但熟悉的滋味。面对变幻莫测的表象，我很清醒，心情愉快。世界的面孔都在这纯粹晶莹中微笑，却似乎只消一个动作便会碎裂。有什么东西将会散开，鸽子不再飞翔，而是一只只地摊开双翅，慢慢下落。只身一人，我的沉默与静止让幻想般的一切尚合情理。我正入局。我顺从表象，没有上当受骗。金黄的艳阳温柔地照暖了回廊的黄色石头。一个女人在水井边打水。或许是一个小时之后，一分钟之后，一秒钟之后，或许就是现在，一切都可能崩塌。然而，奇迹还在继续。世界还撑得住，委婉、讽刺而审慎（就像女性友谊中的某些温柔而节制的举止一般）。世界保持着一种平衡，但这平衡却因为对其有朝一日终将走向尽头的完全领会而绚烂缤纷。

这是我对生命全部的爱：对或许将离我而去的事物的沉默迷恋，火焰之下的苦涩。每一天，当我离开那片回廊，我仿佛失去了自己，那个在世间长存之中短暂停驻的自己。我很清楚自己为什么想到了陶立克柱上阿波罗失神的双眼，想到了乔托画中或炽热或凝结的人物。[1]正是在此刻我真正懂得了这样的国家能够带给我的是什么。我欣赏的是人们能够在地中海边找到生活的确信和准则，理性能够得到满足，乐观主义和社会意义能够得到论证。因为最终，让我震动的并不是以人为尺构建的世界，而是将人们关在门外的世界。不，如果说这些国家的语言与在我内心深处回响的声音一致，那不是因为这些语言回答了我的问题，而是因为这些语言让我的问题失去意义。让我开口的不是谢主恩泽，而是只能在烈日之下诞出的难以名状的东西。没有对生的绝望，就没有对生的爱。

在伊维萨岛的时候，我每天都去海港边的咖啡馆坐坐。五点左右，当地的年轻人会在海堤的两侧散步。婚礼和生活在这里轮番上演。我们禁不住想，这样在世界面前开启自己的人生，这之中有一种宏大的东西。

---

1 正是因为笑容和眼神的出现，希腊雕塑和意大利艺术才开始走下坡路。好像美就停止在思想开始的地方。

我坐着，还因为白天的阳光有些让人眩晕，眼里满是白色的教堂、白垩般的墙壁、干燥的乡村和乱蓬蓬的橄榄树。我喝着一种说甜不甜的巴旦木糖水。我看着对面丘陵起伏的弧线温柔地落向海平面。夜晚变成绿色。在最大的一座丘陵上，最后一丝微风吹着磨坊的风车打转。大自然好像有魔力一般，人们都放低了嗓音。好像只剩下天空和飘向天空的喃喃话语，离得好远好远。在这短暂的暮色之中，转瞬即逝和令人感伤是主角，不仅为某一人所感，更为全族人所知。而我呢，此刻，我既想爱，又想哭。我感觉从此以后，我睡梦中的每一分钟都是从生活里偷来的一分钟，是从属于没有目标的欲望的时间里偷来的一分钟。就像帕尔马小酒馆和圣弗朗西斯科回廊里那些躁动的时间一样，我僵硬紧绷，没有力气和意愿与将世界掌握在我双手之中的无限冲动对抗。

我很清楚我错了，我应该给自己一些界限，人们在界限之中创造。但是，爱是没有界限的，如果我能拥抱一切，那么无论这拥抱有多糟糕都无所谓。我爱某个早上那些热那亚女孩的笑容，或许我都不会再见她们第二次，没有什么比这种爱更纯粹，但是词语无法遮蔽我惋惜的火焰。在圣弗朗西斯科的小水井边，我看着鸽子飞过，暂时忘记了口渴。但是，我总将再次感到口渴。

谜语

从天空的顶峰坠落，阳光的洪流猛烈地反弹在我们周围的乡村上。一切在这喧嚣前都沉默了，远处的吕贝隆[1]只是一块巨大的寂静之石，我不停地倾听着。我竖起耳朵，远处有人向我跑来，看不见的朋友们在呼唤我，我的喜悦在增长，与多年前一样。又一次，一个快乐的谜团帮助我理解了一切。

世界的荒诞在哪里？是这种光辉，还是对光辉缺失的记忆？回忆中有如此之多的阳光，我怎能押注于无意义呢？周围的人们对此感到惊讶，有时我也同样对此感到惊讶。我可以回答，可以回答自己，正是阳光帮助了我，它的光芒如此厚重，将宇宙及其形式凝结在一片令人目眩的黑暗中。但这可以用另一种方式表达，面对这

1　位于沃克里兹省的南部地区，属阿尔卑斯山脉。

对我来说一直是真理的黑白分明，我想简单地解释一下我所熟知的荒诞，因为我无法忍受对它进行无差别的讨论。谈论它，毕竟，将再次把我们引向阳光。

没有人能够说自己是什么。但是有的时候，人们能够说自己不是什么。对于那些仍在寻找的人，人们希望他已经得出结论。成千上万的声音已经告诉他，他找到的是什么，但是他自己却知道，这并不是他要的。继续寻找，让别人说去吧。当然。但时不时地，必须为自己辩护。我不知道我在寻找什么，我谨慎地命名，我反悔，我重复，我前行，我后退。人们却命令我给出名字，或是唯一的名字，或是全部的名字。于是我愤然反抗：得到命名的东西不是已经遗失了吗？这是我至少能够试着说出来的东西。

一个人，如果我觉得那是我的朋友之一，那么总是拥有两个性格，他自己的，以及他的妻子赋予他的。让我们把妻子换成社会，我们就能理解，一个作家将某种表达与整个情感背景联系起来时，这种表达可能会被评论孤立出来，并在每次他想谈论其他事情时被呈现给他。话语同行动一样："这个孩子，是您生的吗？——是的。——那他是您的儿子了。——没那么简单，没那么简单！”内瓦尔在那样一个阴晦的夜晚上吊两次，首先是为了处在不幸中的自己，而后是传说中为了帮助某人活下去。没有人能写出真正的痛苦或某些幸福，我在这里不做尝试。但对于传说，我们可以描述它，并想象，至少在一瞬间，我们已经驱散了它。

作家写作很大程度上是为了被阅读（那些说反话的人，我们钦佩他们，但不要相信他们）。然而，我们作家们的写作越来越旨在获得这种最终的认可，这种最终的认可在于不被阅读。从此刻开始，的确，只要作家可以为我们的大众媒体提供生动的文章素材，他就有很大的机会被相当多的人认识，这些人永远不会读他的书，因为他们只需要知道他的名字并阅读别人写的关于他的文章。从此以后，这个作家出名（或被忘记）不是因为他是谁，而是因为某位急匆匆的记者描绘的关于他的画面。因此，为了在文人中拥有自己的姓名，他就不再有时间写书，只需要让晚间纸媒谈论其某一篇文章，从今以后他便得以高枕无忧。

或许这种或大或小的名声会遭窃取，但是，窃取了又有何用？我们不如承认，这种不快同样也能有好处。

医生知道，某些疾病是符合心意的：这些疾病以它们自己的方式矫正了一种运转上的杂乱，如果没有这些疾病，这些杂乱可能会导致更大的不平衡。因此，有一些使人愉快的便秘和来得正好的关节病。如今词语和仓促评判的泛滥将所有公共活动淹没在一片琐事的汪洋之中，这至少教会法国作家一种谦虚，在一个对他的职业赋予不成比例的重要性的国家里，他始终需要这种谦逊。在我们熟知的两三份报纸上看到自己的名字是一种如此严峻的考验，而这种考验肯定对灵魂有某种益处。因此，赞美这个社会吧，它以如此低廉的代价，通过它的敬意本身，每天教导我们，它所赞美的伟大其实什么都不是。社会发出的声音，爆发得更响，消失得更快。它提及了亚历山大六世[1]常在自己面前点燃的麻絮火，为了提醒自己不要忘记这个世界上所有的荣光都如同一缕飘散的青烟。

不过，让我们暂时停下讽刺。为了达到我们的目的，说一句就够了：一个艺术家应该要好脾气地顺从，任由一个与他本人不相配的形象在牙医和理发师的前厅里流

1　亚历山大六世（1431—1503），文艺复兴时期的教皇，以其政治阴谋、腐败和家族野心闻名。

传。我正认识这样的一个时髦作家，他是为了主宰每个热烈而喧闹的夜晚，这些夜晚仙女只有长发遮体，野兽有着阴森森的爪子。人们可能会想他哪里有时间写出一本霸占图书馆里好几个书架的作品呢？实际上，这个作家和很多同侪一样，夜晚睡觉，白天长时间在书桌前工作，为了保护肝脏而喝矿泉水。尽管如此，普通法国人以极其节制和敏感的洁癖，一想到我们的作家教导人们要醉酒且不洗澡，就会感到愤怒。这样的例子比比皆是。我本人就能提供一个绝佳的方案，只要付出很少的代价就能收获朴实无华的名声。我的确有着这个名声，这个名声让我的朋友发笑（对我来说，我倒是常常为此感到脸红，因为我知道我窃取了这一称号）。比如说，只需要拒绝与不受尊重的报纸总编辑共进晚餐，就足以赢得这一名声。毕竟，“基本的体面”，在人们看来，总离不开灵魂里某种扭曲的缺陷。没有人会想到，如果你拒绝这位总编辑的晚餐邀请，可能是因为你确实不尊重他，也可能是因为相比世界上任何事情你更害怕无聊——还有什么比一顿典型的巴黎晚餐更无聊的呢？

因此，我们必须接受现实。但是我们可以试着借此机会改弦易辙，反复强调我们不可能总是描绘荒诞，也没有人会相信一种绝望的文学。诚然，写一篇关于荒谬概念的论文总是可能的，或者已经写过。但同样，人们也可以写关于乱伦的文章，而不必真的扑向自己不幸的姐妹，我也从未在任何地方读到过索福克勒斯曾杀害自己的父亲或羞辱自己的母亲。任何作家的作品中一定会写关于本人的内容，一定会自我描摹，这样的观点是浪漫主义遗留给我们的一种稚气的想法。而相反，必然发生的事情是一个艺术家首先会对其他人感兴趣，或是对自己的时代感兴趣，或是对耳熟能详的传说感兴趣。即便艺术家本人需要走到舞台中央，也很难说他谈论的是真实的自己。一个人的作品往往追溯了他的渴望或诱惑的历史，几乎从不涉及他自己的历史，尤其是当它们声称是自传时。

没有人敢真实地描绘自己。

如果有可能，我反而还挺喜欢成为一个客观的作家。我所谓的客观的作家，是那些从未将自己视作写作主题的作家。但是当代人酷爱混同作家和他的写作主题，因此不会承认这种作家的相对自由。这样，人们成为荒诞的预言家。除了就我在时代的街头发现的观点进行思考，我还能做些什么呢？毫无疑问，我和我这一代人一样，滋养了这一观念（并且我的一部分仍在滋养它）。只是，相对于我的同辈人，我先于他们保持了一定的距离，以便处理这些观点并决定其逻辑。我后来所写的一切都充分证明了这一点。但利用一个公式比利用细微差别更方便。人们选择了公式：于是，我成了荒诞的代言人。

何必再说，在我感兴趣并曾写过的经历中，荒诞只能被视为一个起点，尽管它的记忆和情感伴随着后续的步骤。同样，笛卡儿的怀疑虽然是方法论的，但并不能使他成为怀疑论者。无论如何，如何局限于认为一切都没有意义，必须对一切绝望？即使不深入探讨，人们至少也可以注意到，一方面，没有绝对的唯物主义，因为，仅仅为了形成这个词，就已经说明世界上有某种超越物质的东西存在；另一方面，没有完全的虚无主义，因为自人们说“一切都无意义”的那一刻起，人们就已经开始表达出一些有意义的东西了。拒绝世界上所有的意义意味着取消一切价值评判。但是，生存，比如吃东西，其本身就是一种价值评判。自人们不再任凭自己死去的那一刻起，人们就选择了活下去，于是人们便承认了一种价值，至少是一种与生命有关的价值。最后，绝望的文学到底意味着什么？绝望是沉默的。不过，如果眼神会说话，那么沉默本身便仍有意义。真正的绝望是末日、坟墓或深渊。如果沉默说话，如果沉默深思，特别是如果沉默书写，那么兄弟立刻就会向我们伸出援手，树木被承认是合理的，爱便萌生了。绝望的文学是一种字面上的矛盾。

当然，事实上我不具备某种乐观主义。我长大了，和所有同年龄的男人一起，在“一战”的鼓声中长大，自那以后，我们的历史从未停止杀戮、不公或暴力。但是我们会遇到真正的悲观主义，它超越如此之多的暴戾与卑鄙。在我这边，我从未停止与这种耻辱斗争，我只憎恨残暴的人。在我们的虚无主义最黑暗的部分中，我只寻找超越这种虚无主义的理由。而且，这并非出于美德，也并非因为灵魂的罕见升华，而是出于一种本能的忠诚，忠于我诞生于此的光明，几千年来，人们在这种光明之中学会了即使在苦难中也向生命致敬。埃斯库罗斯[1]常觉失望，然而，他闪闪发光，鼓舞士气。在他宇宙的中心，我们看到的并不是贫瘠的无意义，而是谜团，即一种因耀眼而难以解读的意义。同样，对这个枯竭世

1 埃斯库罗斯（约前525—前456），古希腊三大悲剧作家之一。

纪中仍然幸存的不肖但顽固忠诚的希腊子孙来说，我们历史的烧灼感可能显得难以忍受，但是他们最终会支持这个时代，因为他们想要理解这个时代。虽然我们的作品是黑暗的，但在我们作品的中央，闪耀着一轮永不枯竭的太阳，如今，这轮太阳的呼喊声穿越平原与丘陵。

在此之后，麻絮之火可以燃烧起来；我们可能看起来如何，我们可能窃取什么样的身份，这有什么重要的？我们是谁，我们需要是谁，这足以填满我们的人生，霸占我们的努力。巴黎是一个值得欣赏的洞穴，巴黎人因为看到了自己的阴影在深处的墙壁上焦躁不安，于是把这些阴影当作了唯一的现实。这座城市所赋予的奇异而短暂的名声也是如此。但是，在远离巴黎的地方，我们了解到，我们背后有一道光，我们必须转身，摆脱束缚，直面它，我们毕生的使命便是从万千词语中寻找到能够命名这道光的那一个。或许，每位艺术家都在追寻他的真理。如果是伟大的艺术家，每个作品都让艺术家更靠近真理，如果他伟大，每件作品都使他更接近它，或至少更接近那个中心，即那个埋藏的太阳，一切终将在那里燃烧。如果是平庸的艺术家，每件作品都使他远离它，中心便无处不在，光芒消散。但在他固执的寻找中，只有那些爱他的人才能帮助他，还有那些自己也在爱或创造的人，他们在自己的激情中找到了所有激情的尺度，并因此能够判断。是的，所有这些喧嚣……而和平本应是默默地去爱和创造！但我们必须学会耐心。再等一会儿，太阳将封住我们的嘴。

（1950年）

到海上去

——船上日记

我在海里长大，贫穷对我来说曾是奢侈的，后来我失去了大海，于是所有的奢侈在我看来都成了灰蒙蒙的难以忍受的苦难。从那以后，我一直在等待。我等待返程的船只、水上的家园、清澈的白昼。我耐着性子，全身心地保持礼貌。人们看见我在精巧漂亮的街道路过，我欣赏风景，和大家一样鼓掌，我伸出手，而说话的人不是我。人们夸赞我，我做了些梦；人们冒犯我，我鲜少惊讶。然后，我忘记了，我向侮辱我的人微笑，或是太过殷勤地与我爱的人致意。应该做什么呢，如果我的记忆仅有一种样貌？终于，人们勒令我说出我是谁。“还什么都没有，还什么都没有……”

在葬礼上我比别人做得都好。我真的很擅长。我以缓慢的脚步走在布满废铁的郊外，走在宽阔的大道，大道上种满了水泥树，通向冰冷泥土的洞。在淡红如未愈伤口的天空下，我俯瞰着果敢的伙伴正将我的朋友埋进三米深的土中。一只满是尘土的手递给我一朵花，如果我扔掉这朵花，它定会精准落入墓穴。我有恰到好处的虔诚，准确的情感，适度低垂的脖子。人们欣赏我言辞得体。但这并非我的功劳：我只是在等待。

我等了好久。有时候，我踉跄，松开手，成功对我来说是昙花一现。有什么重要的呢，反正我孤身一人。我这样在夜里醒来，半梦半醒之间，我觉得我听见了海浪的声音，我听见了海水的呼吸。我彻底醒来，认出了叶丛中的风和荒无人烟的城市里不幸的喧闹。接着，我并不太懂得藏匿我的忧伤，或是把忧伤包装得时髦的那种艺术。

相反，有时我得到了帮助。在纽约的某些日子里，我迷失在这些石头和钢铁的深井里，那里成百万的人到处游荡，我从一头跑到另一头，却一直看不到终点，我精疲力竭，只能被寻找出口的人群支撑着向前。于是，我难以呼吸，我内心的惶恐就要尖叫起来。但是，每一次，远处拖船的呼唤都会提醒我，这座干涸的城市是一座岛屿，而在炮台公园的尽头，我洗礼的水在等待着我，那漆黑的腐水上覆满了空心软木。

因此，我一无所有，放弃了财富，住在所有房子附近，但当我愿意时，我依然感到满足，我随时准备启航，绝望与我无关。绝望者没有故乡，而我，我知道我面前身后都是大海，我有一种全然准备好的疯狂。彼此相爱却彼此分离的人能够在痛苦中生活，但是这不是绝望：他们知晓爱的存在。这就是为什么我受着流亡之苦，双眼干涩。我依然在等待，等待终会来到的那一天……

水手们赤脚轻轻拍打着甲板，我们在黎明时分启航。一离开港口，一阵短促而猛烈的风有力地掠过海面，激起无泡沫的小浪。不久后，风变得更凉，海面上撒满了瞬间消失的山茶花。整个早上，我们的船帆在欢快的鱼塘上方噼啪作响。水很沉重，波光粼粼，覆盖着新鲜的泡沫。海浪时不时地卷在船首柱上发出刺耳的声音，苦涩而滑腻的泡沫如同众神的唾液，沿着船身流淌到海里，泡沫散落成为消失又重生的图案，像一头蓝白相间的奶牛，这只疲惫不堪的野兽，在我们的航迹之后仍久久地漂流。

自出发以来，就有海鸥一直跟在我们的船后，看起来毫不费力，几乎不挥动双翅。它们优雅而笔直地翱翔，几乎没怎么借用风的力量。突然，厨房传出一阵突如其来的啪嗒声，在飞鸟中丢下了一声美味的警报，打乱了它们优雅的飞行，点燃了白色翅膀的炽热。海鸥们疯狂地四处盘旋，然后，在完全没有降速的情况下，一个接着一个离开鸥群，刺向海面。几秒钟之后，它们再次在水面上聚集，叽叽喳喳的鸟群被我们抛在身后，慢慢地享用着美味的碎屑。

正午时分，在刺眼的阳光下，海面微微起伏，好像筋疲力尽。当海面回落时，寂静占据了空间。经过一小时的炙烤，苍白的水面像一块烧白的金属板，发出噼啪声。海面噼啪作响，冒着烟，最终沸腾起来。片刻之后，它将翻转，向太阳展示它现在隐藏在波浪和黑暗中的湿润的一面。

我们穿过赫拉克勒斯门，经过安泰俄斯死亡的海角。越过这里，大洋无处不在，我们经过合恩角和好望角，经线与纬线交织，太平洋亲吻大西洋。很快，经过温哥华的海角，我们慢慢地朝着南海深处驶去，复活节岛、德瑟莱申岛与赫布里底海岛在我们面前星罗棋布。一天早上，突然，海鸥都消失了。我们远离了所有陆地，独自与船帆和机器为伴。

我们也与地平线为伴。波浪从看不见的东方一波接一波地耐心涌来，它们到达我们这里，又耐心地一波接一波地涌向未知的西方。漫长的旅程，从未开始，也从未结束……河与江流经，海走了又停。我们正应该这样忠诚而短暂地爱。我与大海融为一体。

满潮时分。太阳低垂，在到达地平线之前便被薄雾吞没。短短的一瞬，太阳一边是粉色的，一边是蓝色的。然后，海水变暗。双桅纵帆船在完美的圆形表面上滑行，像一块厚重的金属。在最平静的时刻，在临近的黄昏中，成百上千只海豚跃出海面，在我们周围嬉戏片刻，然后逃向无人之地。它们离开了，只剩下海水原本的平静与焦虑。

稍晚一点儿，在回归线上遇到了一座冰山。因为长时间在这些温暖的海水中漂游，它可能已经看不见了，但依然有效：冰山沿着帆船的右舷滑行，缆绳短暂地被霜露覆盖，而左舷则迎来了干燥的一天。

黑夜没有降临在海面上。相反，它从水底升起，被已经沉没的太阳用厚厚的灰烬逐渐染黑，升向依然苍白的天空。短暂的一刻，金星独自悬在黑色的浪涛之上。闭上眼睛，再睁开，星星在清澈的夜空中繁盛。

月亮升起。先是微弱地照亮海面，接着升得更高，在柔软的水面上书写。最终，在最高点，月光在海面上照出一条亮亮的走道，如同一条绚丽的银河，随着船只的摆动，向我们走来，在黑暗的海洋上取之不竭。这就是温柔的夜，清新的夜，是我在吵吵嚷嚷的光亮、酒精以及欲望的嘈杂中呼唤的夜。

我们在如此广阔的空间里航行，在我看来我们永远都无法到达尽头。太阳和月亮与天光和黑夜在同一条航线上交替着东升西落。海上的日子，一切都沉浸在幸福之中……

这种生活与遗忘对抗，与记忆对抗，史蒂文森如是说。

清晨，我们垂直切过北回归线，海水呻吟并颤抖。太阳在一片波涛汹涌的海面上升起，海面闪烁着钢铁般的光芒。天空因为薄雾与炎热而发白，发出死寂却刺眼的光芒，仿佛太阳在厚重的云层中融化，覆盖了整个天穹。病态的天空下是腐烂的海面。随着时间推移，苍白的空气中热度逐渐上升。整个白天，艏柱在浪丛之外惊起成群的飞鱼，如同一群腾出海面的铁鸟。

下午，我们与一艘大型客轮交错而过，客轮朝上游的城市驶去。我们的汽笛与对方交换了三声史前动物般的巨大吼叫，乘客们在海上迷失，因其他人类的存在而警觉。两船之间的距离逐渐拉大，最终在恶意的海面上分离，这一切令人心痛。这些固执的疯子挂在跳板上，被抛在广阔海洋的鬃毛上，追逐着漂流的岛屿，他们珍视孤独与大海，谁能阻止自己去爱他们呢？

在大西洋的正中央，我们屈身于不停地从一个极点吹向另一个极点的野蛮的风。我们发出的每一声尖叫都遗失不见，在没有边界的空间里逃遁。但是这声尖叫日复一日地被风带走，最终会抵达地球的某一端，长时间地在冰冻岩壁间回响，直到某个迷失在雪窟中的人听到它，并因满足而微笑。

我在两点的太阳下半梦半醒，突然一个可怕的声音把我吵醒。我看见大海深处的太阳，海浪在波涛汹涌的天空中延伸。突然，大海沸腾着，太阳以冰冷的线条流入我的喉咙。在我身边，水手们笑着哭着，他们彼此相爱，但是不能相互原谅。这天，我认清了世界的本质，决定接受它的善与恶，它的罪行与救赎。那天，我明白了两个真理，其中一个永远不该被说出。

神奇的南半球的月亮，像被削了一刀，它陪伴了我们好几夜，然后很快从天空滑落到吞噬它的水里。剩下的只有南十字座、稀疏的星星和多孔的空气。同一时刻，风完全停了。天空在我们静止的桅杆上轮转颠簸。引擎关闭，船帆失灵，我们在温暖的夜晚吹着口哨，海水友好地拍打着我们的船身。虽然没有任何的指令，机器还是一并安静了下来。确实，为什么要继续？为什么返程？我们心满意足，无声的疯狂不可抗拒地催眠了我们。有一天，一切都完成了；我们必须让自己沉没，像那些游到筋疲力尽的人一样。完成了什么？一直以来，我都对自己保守这个秘密。噢，苦涩的床，也是王室的卧榻，王冠就在大海深处！

清晨，我们的螺旋桨温柔地搅动微热的水，使其泛起泡沫。我们重新加速。正午时分，从遥远的大陆来了一群雄鹿与我们擦肩，越过我们，旋即向北方游去，它们后面还跟了一群色彩缤纷的鸟，这些鸟时不时地在林中休憩。这片沙沙作响的森林一点点消失在天际。一会儿之后，大海布满了奇特的黄色花朵。傍晚时分，看不见的旋律久久地在我们面前回响。我如同在家一样睡着了。

所有的风帆都迎着纯净的风，我们在明亮结实的海面上疾驶。当速度达到顶峰时，船舵转向左舷。傍晚时分，我们再次调整航向，侧倾向右舵，帆面轻轻拂过海面，我们沿着一块南半球大陆高速航行，我认出了这片大陆，因为我曾经在野蛮的飞机舱里盲目地飞越这里。我们是游手好闲的国王，所以我们的马车缓慢前行；我等待着大海，却从未触及大海。那怪物咆哮着，从秘鲁的鸟粪中起飞，冲向太平洋的海滩上空，飞越安第斯山脉破碎的白色脊椎，然后是覆盖着苍蝇群的阿根廷大平原，用翅膀连接着乌拉圭的牧场，被牛奶淹没，与委内瑞拉的黑河相连，降落，再次咆哮，面对新的空旷空间贪婪地颤抖，却从未停滞不前，或者至少以一种抽搐的、固执的、狂乱而坚定的能量缓慢前行，如中毒一般。那时，我在我的金属小房间里死去，我梦想着屠杀与狂欢。没有空间，没有天真，也没有自由！对不能呼吸的人来说，死亡或疯狂都是监狱；除了杀戮与拥有，还有什么能做的呢？如今，相反，我满怀胜意，我们所有的翅膀在蓝色的空气里啪啪作响，我要因为速度而尖叫，将我们的六分仪与指南针扔到水里。

在蛮横的风下，我们的风帆如同铁质。海岸在我们眼前大步地漂移，皇家椰子树林的树根浸湿在祖母绿的潟湖之中，平静的海湾布满了红色的帆，沙滩洒满月光。巨大的建筑因为附近庭院蔓延而出的原始森林而开裂。这里那里，一棵黄色的紫檀或一棵有着紫色树枝的树刺穿窗户，里约热内卢最终在我们身后倒塌，植被将覆盖它崭新的废墟，蒂茹卡的猴子将在那里爆发出笑声。我们行驶得更快，沿着大片海滩，海滩被海浪冲击得如沙束状，我们行驶得更快，乌拉圭的羊群进入大海，一下子将大海变成黄色。然后，在阿根廷海岸上，规律摆放着的巨大粗柴堆向天空举起缓慢烘烤着的半扇牛肉。夜晚，火地群岛的冰块持续敲打我们的船身，敲打了好几个小时，船几乎没有减速，只是掉头了。早晨，太平洋唯一的海浪有着冰冷的白绿相间的泡沫，在成千公里的智利海岸翻滚，这片海浪慢慢地将我们抬起，让我们面临搁浅的风险。舵手避开海浪，经过凯尔盖朗群岛。在甜美的傍晚，第一批马来小船向我们驶来。

“到海上去！到海上去！”我童年时期读过的一本书里的可爱小男孩这样叫道。关于这本书，我什么都忘了，除了这叫喊。“到海上去！”穿过印度洋，直到红海，在寂静的夜晚，能听到沙漠中的石头在燃烧后冻结的声音，我们回到了古老的海，那里呼喊声沉寂。

最终，一天早上，我们在充满奇异静默的海湾里放松，静止的风帆为海湾设置航标。几只海鸟孤独地在芦苇天空中拌嘴。我们游水，重新回到荒无一人的海滩；一整天的时间，我们游到海里，又在沙滩上晒干身体。夜晚来临，在变绿又消退的天空之下，海面虽然平静，却更加安宁。短小的海浪在微热的沙滩上吹出泡沫水汽。海鸟消失了。只剩下一个空间，供我们静止地旅行。

有些夜晚，柔情延绵，是的，这有助于死亡，让我们知道这些夜晚在我们之后又会回到地面和海上。广阔的海，永远为船锚翻动，永远未开垦，那是我与夜共勉的地方！海洗净了我们，重新在贫瘠的海沟里让我们满足，大海让我们自由，让我们站立。每一朵浪花都是一次诺言，永远相同的诺言。海浪说什么？如果我应该死，被冷山环绕而死，为世界所不知，被同侪所否认，终于在筋疲力尽之时，大海将在最后一刻充满我的小屋，帮我支撑住自己，帮我没有恨意地死去。

午夜，我独自在海岸继续等待着，然后离开。天空本身也失灵了，所有的星星，像那些覆盖着灯火的邮轮，此时此刻，在世界各地，照亮了港口的黑暗水域。空间和寂静在心上有着一样的分量。突然意外的爱、伟大的作品、决定性的动作、改变一切的思想在某些时刻带来不能忍受的焦虑与一种不能抗拒的诱惑。一种诱人的存在焦虑，一种美妙的危险在接近，我们不知道这种危险的名字，但生活是否在奔向毁灭？再次毫不迟疑地奔向我们的毁灭吧。

我总感觉自己生活在海上，受到威胁，却身处盛大幸福的中央。

（1953 年）

（全文完）

我身上有个不可战胜的夏天

作者 _ [法] 加缪　译者 _ 黄可以

编辑 _ 罗李彤　装帧设计 _ 尚燕平　主管 _ 李佳婕
技术编辑 _ 白咏明　责任印制 _ 刘淼　出品人 _ 许文婷

营销团队 _ 王维思 赵倩迪　物料设计 _ 李琳依

果麦
www.goldmye.com

以 微 小 的 力 量 推 动 文 明

图书在版编目（CIP）数据

我身上有个不可战胜的夏天 / (法) 加缪著 ; 黄可以译. -- 天津 : 天津人民出版社, 2025. 7（2025.12重印）. -- ISBN 978-7-201-21309-5

Ⅰ. I565.65

中国国家版本馆CIP数据核字第20256EE564号

我身上有个不可战胜的夏天

WO SHENSHANG YOU GE BU KE ZHANSHENG DE XIATIAN

出　　版　天津人民出版社
出 版 人　刘锦泉
地　　址　天津市和平区西康路35号康岳大厦
邮政编码　300051
邮购电话　022-23332469
电子信箱　reader@tjrmcbs.com

责任编辑　康嘉瑄
特约编辑　罗李彤
装帧设计　尚燕平

制版印刷　河北鹏润印刷有限公司
发　　行　果麦文化传媒股份有限公司
开　　本　770毫米×1092毫米　1/32
印　　张　5
印　　数　314,001—364,000
字　　数　77千字
版次印次　2025年7月第1版　2025年12月第14次印刷
定　　价　39.80元